絶望鬼ごっこ

命がけの地獄アスレチック

針とら・作
みもり・絵

集英社みらい文庫

桜《さくら》ヶ《が》島《じま》小《しょう》学《がっ》校《こう》の生《せい》徒《と》たち

6年《ねん》2組《くみ》

宮原《みやはら》 葵《あおい》

学年一《がくねんいち》の秀才《しゅうさい》でしっかり者《もの》。おせっかいでおてんばだが、密《ひそ》かに男子《だんし》から人気《にんき》。

大場《おおば》大翔《ひろと》

正義感《せいぎかん》が強《つよ》く、友達想《ともだちおも》い。ふだんは母親《ははおや》と妹《いもうと》と3人《にん》で暮《く》らしている。

桜井《さくらい》 悠《ゆう》

大翔《ひろと》の幼《おさな》なじみで親友《しんゆう》。小《こ》柄《がら》でマイペース。運動《うんどう》は苦《にが》手《て》だけど、ゲームは得意《とくい》。

6年《ねん》1組《くみ》
杉下先生《すぎしたせんせい》
元《もと》・桜ヶ島小学校《さくらがじましょうがっこう》の教師《きょうし》。さわやかな容姿《ようし》で人気《にんき》があったが、その正体《しょうたい》は「黒鬼《くろおに》」。
伊藤孝司《いとうこうじ》
読書《どくしょ》好《ず》きでふだんはおとなしい性格《せいかく》だが、やるときはやる男子《だんし》。和也《かずや》と仲《なか》よし。
荒井先生《あらいせんせい》
元《もと》・桜ヶ島小学校《さくらがじましょうがっこう》の教師《きょうし》。鬼《おに》を祓《はら》うための方法《ほうほう》をさがし、旅《たび》にでていた。
関本和也《せきもとかずや》
クラスのムードメーカー。お調子者《ちょうしもの》でハメをはずしてよく怒《おこ》られる。孝司《こうじ》と仲《なか》よし。
金谷章吾《かなやしょうご》
学年一運動神経《がくねんいちうんどうしんけい》がよく、頭《あたま》もいい。とある事情《じじょう》で、杉下先生《すぎしたせんせい》のもとに行《い》き…!?

contents《コンテンツ》

START!《スタート》

前回《ぜんかい》までのあらすじ

よっ！ またまた ~~エサ~~ おまえらに会《あ》えて
うれしいぜ！ はじめて読《よ》んだり、どんな話《はなし》か忘《わす》れた
おまえらのために、オレ様《さま》が**前回《ぜんかい》までのあらすじ**を
説明《せつめい》してやるぜ！

キャキャキャキャキャ

今《いま》まで**大翔《ひろと》たち**に逃《に》げられてきた**鬼《オレら》**だったけど、
なんと！ **母親《ははおや》の命《いのち》とひきかえ**に、
章吾《しょうご》を**仲間《なかま》に加《くわ》えることに成功《せいこう》**したのさ！
首謀者《しゅぼうしゃ》は「**黒鬼《くろおに》**」こと、元《もと》・小学校教師《しょうがっこうきょうし》の**杉下先生《すぎしたせんせい》**。
章吾《しょうご》を、**黒鬼《くろおに》の後継者《こうけいしゃ》**に
するつもりなのだ！

キャキャキャキャキャ

残《のこ》された**大翔《ひろと》たち**の前《まえ》に現《あらわ》れたのは、
旅《たび》からもどった**荒井先生《あらいせんせい》**。
どうやら**修業《しゅぎょう》**をはじめるようだが……。

ガキンチョどもが
修業《しゅぎょう》したところで、
鬼《オレら》に**かなうわけねー**
だろっての！

キャキャキャキャキャ

修練場《しゅうれんじょう》・地獄《じごく》アスレチックコース

地獄谷《じごくだに》・丸太移動《まるたいどう》

電流《でんりゅう》のとおった丸太《まるた》を踏《ふ》みぬくと、まっさかさまに川《かわ》にドボン。

地獄谷《じごくだに》・つり橋《ばし》わたり

ところどころ腐《くさ》った丸太《まるた》のつり橋《ばし》。下《した》の岩場《いわば》には、骸骨《がいこつ》が転《ころ》がっている。

地獄花畑《じごくはなばたけ》わたり

眠《ねむ》り花粉《かふん》を吸《す》いこむと気絶《きぜつ》する。いっきにかけぬけよう。

地獄池《じごくいけ》・登《のぼ》り棒《ぼう》

池《いけ》からのびる、異常《いじょう》な高《たか》さの登《のぼ》り棒《ぼう》。先端《せんたん》の鈴《すず》を鳴《な》らせばクリアだ。

地獄池《じごくいけ》・イカダわたり

池《いけ》に浮《う》かべられたイカダの道《みち》。ヌルヌルしたコケに要注意《ようちゅうい》。落《お》ちると……？

And《アンド》 More《モア》…！

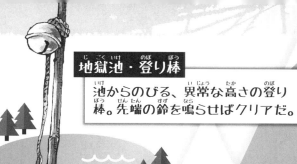

最終試練《さいしゅうしれん》の決《き》まりごと

汝《なんじ》、修業《しゅぎょう》の成果《せいか》をしめし、鬼《おに》を滅《めっ》すべし。

強《つよ》き者《もの》には、力《ちから》が与《あた》えられん。

哀《あわ》れなり。命尽《いのちつ》きるときまで、修羅《しゅら》の戦《たたか》いをつづけよ。

弱《よわ》き者《もの》には、休息《きゅうそく》が与《あた》えられん。

幸《さいわ》いなり。鬼《おに》の糧《かて》となり、永遠《えいえん》の安息《あんそく》を得《え》よ。

修業《しゅぎょう》開始《かいし》!

1

「ヒロトーっ! ぜったい、下《した》、見《み》たらダメだよー!」

大場大翔《おおばひろと》は、聞《き》こえてくる声《こえ》にうなずいて、頭《あたま》のうえへ手《て》をのばした。

長《なが》い竹《たけ》が1本《ぽん》、突《つ》きたっている。

それを両手《りょうて》でしっかりつかみ、ぎゅうっと体《からだ》をひっぱりあげる。

両足《りょうあし》で竹《たけ》をはさみ、体重《たいじゅう》をささえる。

のろのろと数《すう》センチずつ、うえへ登《のぼ》っていく。

登《のぼ》り棒《ぼう》をしているのだった。

大翔《ひろと》のかよう、桜ヶ島小学校《さくらがじましょうがっこう》の校庭《こうてい》にもあった。

落《お》ちるとケガするから気《き》をつけて遊《あそ》んでねって、先生《せんせい》たちがよくいっていたっけ。

「下《した》、気《き》にしたらダメだからねーっ！　ぜったいだよー！　うえだけ見《み》るんだよーっ！」

桜井悠《さくらいゆう》の声《こえ》が、はるか足《あし》の下《した》からひびいてくる。

大翔《ひろと》は棒《ぼう》にしがみついたまま、手《て》のひらににじんだ汗《あせ》をシャツでぬぐった。

あらためて、登《のぼ》り棒《ぼう》の先端《せんたん》をにらみあげる。

先端《せんたん》には、古《ふる》びた鈴《すず》が留《と》められている。あれに手《て》をつき、鳴《な》らせばクリアだ。

てっぺんまでは、もうすこしだ。あとちょっとだけ登《のぼ》って、手《て》をのばせばとどく。

「見《み》ちゃダメだよ！　ぜったい！　ぜったいに、下見《したみ》ちゃダメだからねーっ！」

「わーった！　そんなに何度《なんど》もいわなくても、わーってるってば！　悠《ゆう》！」

思《おも》わず眼下《がんか》にむけて、さけんだ拍子《ひょうし》に。
棒《ぼう》にかけた足《あし》が、つるり、と。
すべった。

「うっわあああああああ━━っ！」

たちまち大翔《ひろと》の体《からだ》は、すべりおちていく。
あわてて両手《りょうて》に力《ちから》をこめるが、いきおいがついて止《と》まらない。
落《お》ち――

「――てたまるかあぁぁっ！」

大翔《ひろと》は両足《りょうあし》で登《のぼ》り棒《ぼう》をはさむと――ぐるんっ！　と上半身《じょうはんしん》をうしろへ半回転《はんかいてん》させた。
落下《らっか》のいきおいを殺《ころ》しながら、うしろ手《で》に手《て》をのばす。棒《ぼう》をぎゅっとつかみ、体《からだ》をささえた。落下《らっか》は止《と》まった。

「……あ、あっぶねえ……」

逆《さか》さになった大翔《ひろと》の視界《しかい》に、ぜったいに見《み》ちゃダメな景色《けしき》が飛《と》びこんできた。

はるか眼下《がんか》、登《のぼ》り棒《ぼう》の根本《ねもと》にひろがった池《いけ》。

そこにうかんだボートから、ごま粒《つぶ》みたいに小《ちい》さくなった3人《にん》が、こちらを見《み》あげている。悠《ゆう》と葵《あおい》は息《いき》をのんで。荒井先生《あらいせんせい》は腕組《うでぐ》みをして。

夕暮《ゆうぐ》れに染《そ》まりはじめた桜ヶ島《さくらがじま》の街並《まちな》みが、遠《とお》くに、まるでミニチュアみたいに小《ちい》さく見《み》えている。

ふらっ……と、めまいがした。

あまりの高《たか》さに、平衡感覚《へいこうかんかく》がマヒしたのだ。

体《からだ》がずり落《お》ちる。

「ヒロト！　手足《てあし》に力《ちから》をこめて！　落《お》ちちゃうよう！」

「大翔《ひろと》！　こっち見《み》ちゃダメ！　目《め》を閉《と》じて！　自分《じぶん》に集中《しゅうちゅう》するの！」

「わ、わかってる、んだけど……」

もう、どっちが上《うえ》で、どっちが下《した》なのか。自分《じぶん》がどうやって棒《ぼう》にしがみついているのか。

それすらわからなくなってきた。

手足《てあし》から、ゆっくりと力《ちから》が抜《ぬ》け落《お》ちていく。

「……ち、くしょう。だ、だめか……」

棒《ぼう》をにぎっていた大翔《ひろと》の手《て》が、ひらきかけた。

——つぎの勝負《しょうぶ》が楽《たの》しみだな？　ライバルさんよ。

章吾《しょうご》の顔《かお》が、頭《あたま》をよぎった。

体育《たいいく》の時間《じかん》、大翔《ひろと》を負《ま》かしたあと、バカにしたように笑《わら》ういつもの表情《ひょうじょう》だ。

「つんのやろぉぉ……っ」

大翔《ひろと》は歯《は》を食《く》いしばった。

「よ、よゆうぶりやがってえ……。……くっそ……うっぜえええ……っ!!」

大声《おおごえ》をだすと、体《からだ》に力《ちから》がもどってきた。平衡感覚《へいこうかんかく》ももどってきた。

両手《りょうて》で体《からだ》をささえ、思《おも》いきって足《あし》をはなすと、またくるりと半回転《はんかいてん》してもとの体勢《たいせい》にもどった。

「ぜってぇ、ぶん殴《なぐ》ってやる……！　章吾《しょうご》のやろう……っ！」

大翔《ひろと》はいきおいよく、また登《のぼ》り棒《ぼう》を登《のぼ》りはじめた。

眼下《がんか》では悠《ゆう》と葵《あおい》が肩《かた》をすくめ、荒井先生《あらいせんせい》が笑《わら》っている。


カランカランカラン……

鈴《すず》の鳴《な》る音《おと》が、高《たか》らかにひびきわたった。

2

話《はなし》は1週間前《しゅうかんまえ》にさかのぼる。

その日《ひ》、大翔《ひろと》たち4人《にん》は、もくもくと石段《いしだん》をのぼっていた。

桜ヶ島神社《さくらがじまじんじゃ》の裏山《うらやま》の石段《いしだん》は、地元《じもと》の人《ひと》でもめったにのぼらない。木々《きぎ》がうっそうと枝《えだ》をのばしたなかを、何百段《なんびゃくだん》もつづいている。

「……ちょ、ちょっと休憩《きゅうけい》しようよ。この階段《かいだん》、あいかわらず長《なが》いよう……」

息《いき》も絶《た》え絶《だ》えに、桜井悠《さくらいゆう》がいった。

大翔《ひろと》の幼《おさな》なじみにして親友《しんゆう》だ。体《からだ》を動《うご》かすのが好《す》きな大翔《ひろと》とはちがって、いつものんびりゴロゴロ、マイペース。「死《し》ぬ気《き》でマイペースに生《い》きるよ！」を信条《しんじょう》にしてるけど、それってマイペースなのかはよくわからない。

悠《ゆう》の足《あし》もとはさっきから、あっちへふらふら、こっちへふらふらしている。

「休《やす》もうよーう……」

「悠《ゆう》はなさけないわねぇ。かよわい女《おんな》の子《こ》だって、こうしてちゃんとのぼってるのに」

宮原葵《みやはらあおい》が肩《かた》をすくめた。

勉強大好《べんきょうだいす》きで、自分《じぶん》の頭《あたま》に知識《ちしき》をつめこむことと、それを披露《ひろう》することに命《いのち》をかけてる。ときどきこうして自分《じぶん》のことを、さらっと〝かよわい〟って主張《しゅちょう》するけど、大翔《ひろと》も悠《ゆう》もなれたもので、完全《かんぜん》スルーが可能《かのう》である。

「あたしは、以前《いぜん》にのぼったときより、ぜんぜん楽《らく》な気《き》がするんだけどな。気《き》のせいかしら？」

気《き》のせいじゃない。以前《いぜん》に3人《にん》でこの山《やま》をのぼったとき、葵《あおい》は神社《じんじゃ》に関《かん》するうんちくを1人《ひとり》でしゃべりまくり、息《いき》をきらしていたからだ。

「でも、たしかにすこし、つかれたわね。休《やす》む？」

「休《やす》もう！」

葵《あおい》が提案《ていあん》し、悠《ゆう》がぶんぶんうなずいた。

「……2人《ふたり》は休《やす》んでっていいぞ。おれは先《さき》にいってる」

大翔《ひろと》はそうこたえた。

先頭《せんとう》をいく荒井先生《あらいせんせい》の背中《せなか》を見《み》すえて、わきめもふらずに石段《いしだん》をのぼっていく。

その目《め》もとには、まだうっすらと、章吾《しょうご》に殴《なぐ》られた痣《あざ》がのこっていた。

「……まったくもう。あれでけっこう、根《ね》に持《も》つのよね、大翔《ひろと》は……」

「待《ま》ってよう、ヒロト。ぼくもいくよ〜！」

葵《あおい》と悠《ゆう》ははあっと息《いき》をつくと、のぼっていく大翔《ひろと》を追《お》いかけた。

石段《いしだん》をのぼりきると、そこは小《ちい》さな広場《ひろば》になっていた。

桜ヶ島神社《さくらがじまじんじゃ》・上の宮《かみのみや》だ。神社《じんじゃ》には、人《ひと》が参拝《さんぱい》するための下の宮《しものみや》と、神様《かみさま》を祀《まつ》るための上《かみ》の宮《みや》にわかれているものが多《おお》くある。

入り口《いりぐち》には鳥居《とりい》。広場《ひろば》のなかには、ぼろっちい拝殿《はいでん》と小屋《こや》。

立ち入り禁止《たちいりきんし》のシールを無視《むし》して、荒井先生《あらいせんせい》は小屋《こや》にはいった。

ほこりがつもった床《ゆか》にリュックサックをおろすと、ごそごそと中身《なかみ》をとりだす。

「まずは腹《はら》ごしらえにするぞ」

うめぼし、おかか、鶏五目《とりごもく》……各種《かくしゅ》おにぎり。

たまご、ハムサラダ、ツナマヨ……各種《かくしゅ》サンドイッチ。

肉《にく》まん、あんまん、ピザまん、カレーまん……各種《かくしゅ》まん。その他《た》もろもろ。

「あいかわらずだね、荒井先生《あらいせんせい》……」

「先生《せんせい》のリュックは、四次元《よじげん》ポケットかなんかですか……」

床《ゆか》に、ずらりと食料《しょくりょう》がならんだ。みんなで、いただきます、と手《て》をあわせる。悠《ゆう》はハムサラダサンドイッチに、葵《あおい》は鶏五目《とりごもく》おにぎりに手《て》をのばした。

「……どうした？　大場《おおば》。食《く》わないのか？」

荒井先生《あらいせんせい》が、一人《ひとり》たったままでいる大翔《ひろと》を見《み》た。

「……先生《せんせい》、おれをきたえてくれ。約束《やくそく》だ」

大翔《ひろと》はそういって、まっすぐに荒井先生《あらいせんせい》をみつめた。

荒井先生《あらいせんせい》は、桜ヶ島小《さくらがじましょう》の元《もと》・体育《たいいく》の先生《せんせい》だ。全身傷《ぜんしんきず》だらけで、見《み》た目《め》はほとんど、ヤクザか傭兵《ようへい》。

大翔《ひろと》たちとは、以前桜ヶ島《いぜんさくらがじま》の祭《まつ》りで起《お》こった、ある事件《じけん》をとおして親《した》しくなった。事件《じけん》後《ご》、小学校《しょうがっこう》をはなれていたけれど、数日前《すうじつまえ》、ひょっこり帰《かえ》ってきたのだ。

荒井先生《あらいせんせい》は、大翔《ひろと》に約束《やくそく》した。

――おまえをきたえてやる。金谷《かなや》に負《ま》けないくらいにな。

「大場《おおば》。おまえがあせる気持《きも》ちは、よくわかるけどな」

もごもごと弁当《べんとう》をかきこみながらしゃべる先生《せんせい》に、葵《あおい》がいやな顔《かお》をする。

「金谷《かなや》にボコボコにされて、くやしいんだろ？　ライバルに手《て》も足《あし》もでずにやられて、情《なさ》

すじこ
120
HIRO
delicious
POWE

けないもんな。超《ちょう》カッコ悪《わる》いもんな」

「……傷口《きずぐち》に塩塗《しおぬ》りこめにいくわね、この先生《せんせい》は……」

「も、もうちょっとオブラートにつつんでいってあげてよう……」

大翔《ひろと》は、ぎりっと歯《は》をかみしめた。

先生《せんせい》のいうとおりだった。

大翔《ひろと》は、鬼《おに》になろうとする章吾《しょうご》を止《と》められなかった。自分《じぶん》は章吾《しょうご》のライバルなんだと思《おも》っていたのに、あいつはたった1人《ひとり》ですべてをきめて、大翔《ひろと》たちに相談《そうだん》もしてくれなかった。止《と》めようとした大翔《ひろと》はボコボコにのされ、章吾《しょうご》は姿《すがた》を消《け》したのだ。

(こんどは、おれがあいつをぶん殴《なぐ》ってやる……)

大翔《ひろと》は体《からだ》の横《よこ》で、ぎゅううっ……と拳《こぶし》をにぎりしめた。


——べちん!

決意《けつい》をかためる大翔《ひろと》の顔面《がんめん》に、熱々《あつあつ》の肉《にく》まんがぶちあたった。

ほかほかと、鼻先《はなさき》でいいにおいがする。大翔《ひろと》は肉《にく》まんを手《て》にとった。

「先生《せんせい》。わかってんならさ！　はやく、おれをきたえてくれよ！」

——べちん！

こんどはあんまんが飛《と》んできた。

大翔《ひろと》はあんまんを手《て》にとって、

「先生《せんせい》！　だから、はやく、おれをきた——」

——べちべちん！

ピザまんとカレーまんが飛《と》んできた。

「先生《せんせい》、ちょっ——」

――べっちん！

「……おまえの決意《けつい》は、よーくわかった」

極上豚《ごくじょうぶた》バラまんを顔《かお》に受《う》けた大翔《ひろと》に、荒井先生《あらいせんせい》はひらひらと割《わ》りばしをふった。

「それ全部《ぜんぶ》食《く》いおわったら、はじめるぞ。だから四《し》の五《ご》のいわずに、まずは食《く》っちまえよ」

大翔《ひろと》は、手《て》のなかの中華《ちゅうか》まんを見《み》おろした。

「多《おお》いよ……」

「体《からだ》が大《おお》きくならんと、強《つよ》くなんてなれねえぞ。金谷《かなや》に勝《か》ちたいんだろ？」

「…………」

「あ、豚《ぶた》バラまんだけ返《かえ》せ。まだ食《く》ったことなくて楽《たの》しみにしてたんだ」

いいつつ、幕《まく》の内弁当《うちべんとう》をやっつけている。

大翔《ひろと》は、あぐらをかいて床《ゆか》に座《すわ》りこむと、肉《にく》まんにかじりついた。

いざ食《た》べはじめたら、止《と》まらなくなった。あんまん、ピザまんと食《た》べすすめていく。

「あ！　それは返《かえ》せっていったろ！　食《く》ったことねえんだって！　おい！　逃《に》げんじゃねえ大場《おおば》！　食《く》うなって！」

「これはヒロトのしかえしだよね……」

「自業自得《じごうじとく》よ。傷口《きずぐち》に塩塗《しおぬ》りこんだりするから……」

大翔《ひろと》は荒井先生《あらいせんせい》の手《て》を逃《のが》れて小屋《こや》のなかをかけつつ、極上豚《ごくじょうぶた》バラまんをがつがつとのみこんだ。

……超《ちょう》おいしかったぞ。ザマミロ。

＊

「……さて。おまえらも知《し》ってのとおり、俺《おれ》はここ数ヶ月間《すうかげつかん》、こいつをなんとかする方法《ほうほう》をさぐってきた」

食事《しょくじ》を終《お》えると、荒井先生《あらいせんせい》は話《はな》しはじめた。名残惜《なごりお》しそうに極上豚《ごくじょうぶた》バラまんの敷《し》き紙《がみ》を指《ゆび》でいじりつつ、ひたいを指《ゆび》さす。

先生《せんせい》のひたいからは、ツノが生《は》えていた。注意《ちゅうい》して見《み》ないとわからないくらい、小《ち》さなものだけれど。以前《いぜん》、鬼《おに》に植《う》えつけられたものだ。

「この鬼《おに》の力《ちから》を祓《はら》う方法《ほうほう》がないか、全国《ぜんこく》を旅《たび》してきた。そして、ついにみつけたんだ。人間《にんげん》が鬼《おに》に対抗《たいこう》できる唯一《ゆいいつ》の手段《しゅだん》──『鬼祓《おにばら》いの秘技《ひぎ》』をな」

鬼祓《おにばら》いの秘技《ひぎ》……。

大翔《ひろと》たちは顔《かお》を見《み》あわせ、うなずきあった。鬼《おに》になった章吾《しょうご》を追《お》うのに、うってつけの名前《なまえ》だ。

話《はなし》のつづきに、耳《みみ》をかたむける。

「この秘技《ひぎ》の存在《そんざい》を耳《みみ》にした俺《おれ》は、詳細《しょうさい》を調《しら》べるため、鬼《おに》にまつわる伝承《でんしょう》ののこる土地《とち》に、かたっぱしから足《あし》を運《はこ》んだんだ。それは過酷《かこく》な旅《たび》だったぜ。ある地《ち》では、調《しら》べているところを鬼《おに》におそわれ、三日三晩《みっかみばん》、生死《せいし》の境《さかい》をさまよったりもした」

腕組《うでぐ》みして語《かた》る先生《せんせい》の言葉《ことば》に、大翔《ひろと》たちは、ごくりとつばをのんだ。

「ある地《ち》では、人間《にんげん》に化《ば》けた鬼《おに》にだまされ、あり金《がね》すべて盗《ぬす》まれたりしたしな」

「危険《きけん》な旅《たび》だったんですね……」

「文献《ぶんけん》を何百冊《なんびゃくさつ》もぶっとおしで読《よ》みこみ、３日間寝《かかんね》なかったりもしたし」

「大変《たいへん》だったんだ……」

「調査《ちょうさ》の最中《さいちゅう》にご当地《とうち》グルメにはまって、４キロも太《ふと》ったし……」

「……たいへん……だったんだ……」

「そしてある地《ち》では、その……地元《じもと》の女性《じょせい》と仲良《なかよ》くなってな……。旅《たび》だつときに、泣《な》かれてな。俺《おれ》もいい歳《とし》だし、身《み》を固《かた》めるのも悪《わる》くないかなあと思《おも》ったんだが……俺《おれ》、鬼憑《おにつ》いてるし、相手《あいて》が一《ひと》まわりも歳下《としした》というのは、どうなんだろうと。おまえら、どう思《おも》う？」

「どうでもいいと思《おも》うよう」

「結婚《けっこん》してから揉《も》めるパターンな気《き》がするわね、それは」

「先生《せんせい》、秘技《ひぎ》の話《はなし》はどうなったんだよ？」

荒井先生《あらいせんせい》は、ごほん、と咳払《せきばら》いして話《はなし》をもどした。

「ともかくだ。俺《おれ》はそうやって情報《じょうほう》をあつめ、失《うしな》われた鬼祓《おにばら》いの秘技《ひぎ》の習得法《しゅうとくほう》を調《しら》べあげたってわけだ。はるか数百年《すうひゃくねん》も昔《むかし》に、人《ひと》が鬼《おに》に対抗《たいこう》するためにつくりだした技《わざ》。鬼《おに》になった金谷《かなや》を助《たす》けるには、この技《わざ》を身《み》につけるしかない」

「先生《せんせい》はその技《わざ》、身《み》につけたのか？」

「俺《おれ》には使《つか》えない。自分自身《じぶんじしん》が、鬼《おに》に憑《つ》かれちまってるしな」

荒井先生《あらいせんせい》はひたいのツノを指《さ》した。

「それで、おまえらにこうしてきてもらったってわけだ。ここ、桜ヶ島神社《さくらがじまじんじゃ》は、全国《ぜんこく》に4つあるうちの1つ……鬼《おに》にまつわる神《かみ》を祀《まつ》る神社《じんじゃ》なんだ」

「そ、そうなの……？」

「そういえば、桜ヶ島神社《さくらがじまじんじゃ》は昔《むかし》、鬼祓《おにばら》いの儀《ぎ》で有名《ゆうめい》だったって、お祭《まつ》りのとき聞《き》いたわ……」

「そうだ。鬼祓《おにばら》いの秘技《ひぎ》の、修練場《しゅうれんじょう》でもある。おまえらには今日《きょう》から毎日《まいにち》、放課後《ほうかご》と週末《しゅうまつ》、ここで修業《しゅぎょう》をしてもらう。鬼祓《おにばら》いの秘技《ひぎ》を会得《えとく》し、金谷《かなや》を助《たす》けだすんだ」

荒井先生《あらいせんせい》はきびしい表情《ひょうじょう》で、じっと3人《にん》の顔《かお》を見《み》わたした。

「もちろん、きびしい修業《しゅぎょう》になる。一朝一夕《いっちょういっせき》で習得《しゅうとく》できるものじゃない。つらい修業《しゅぎょう》になるだろう。泣《な》きたくなったり、逃《に》げだしたくなったりするかもしれない。それでも挑戦《ちょうせん》する覚悟《かくご》はあるか？」

3人《にん》は、ごくりと息《いき》をのんだ。

顔《かお》を見《み》あわせ、うなずきあった。

「「「おうっ！」」」

「よろしい。では、さっそく修業《しゅぎょう》をはじめていく。修業課題《しゅぎょうかだい》は3つあって、すべてクリアできれば卒業《そつぎょう》だ。第《だい》1の課題《かだい》は……これだ」

と、荒井先生《あらいせんせい》はニヤリと笑《わら》って、リュックサックをごそごそさぐった。

大翔《ひろと》は、ぶるっ、と武者《むしゃ》ぶるいした。

（どんなにつらくきびしい修業《しゅぎょう》だろうと、やり遂《と》げてやる。打《う》ち勝《か》ってやる）

先生《せんせい》がとりだしたのは、ノートを3冊《さつ》と、鉛筆《えんぴつ》を3本《ぼん》。

息《いき》をつめて見守《みまも》る子供《こども》たちに掲《かか》げた。


『ひらがなれんしゅうちょう』

「第《だい》1の課題《かだい》は——文字《もじ》の書《か》きとりだッ！」

「…………」

「…………」

「…………」

大翔《ひろと》たちは顔《かお》を見《み》あわせた。

うなずきあった。

きれいに声《こえ》をそろえた。

「「「……はあ？」」」

1 それぞれの修《しゅ》業《ぎょう》課《か》題《だい》！

1

あいうえお　かきくけこ　さしすせそ　たちつてと

コツ、コツ、コツ……

小屋《こや》のなかに、3人《にん》が鉛筆《えんぴつ》を走《はし》らせる音《おと》がひびく。

なにぬねの　はひふへほ　まみむめも　やゆよ　らり

「……大場《おおば》よ。俺《おれ》は文字《もじ》を書《か》けといったんだぞ？　ミミズを這《は》わせるな」

大翔《ひろと》が書《か》いているノートをのぞきこみ、荒井先生《あらいせんせい》が文句《もんく》をいう。

「ミミズじゃないよ。これ、文字《もじ》だよ」

「ミミズ文字……。そうか。オリジナルのあたらしい文字をつくってるのか……」

「……ひらがなだよ。昔《むかし》からある、伝統的《でんとうてき》な文字《もじ》だよ……」

母《かあ》さんにもよくいわれるのだ。大翔《ひろと》の字《じ》は、宇宙《うちゅう》からやってきた謎《なぞ》の生物《せいぶつ》みたいって。

……ミミズは地球生物《ちきゅうせいぶつ》なだけ、まだマシかもしれない。

「桜井《さくらい》は……」

と、荒井先生《あらいせんせい》は、こんどは悠《ゆう》のノートをのぞきこんだ。

「文字《もじ》の形自体《かたちじたい》はマシだが、どうしてまっすぐに書《か》けないんだ。右《みぎ》にゆれたり、左《ひだり》にゆれたり……文字《もじ》が踊《おど》ってるじゃないか」

「それは、『踊《おど》るように楽《たの》しそうな文字《もじ》でいいね！』ってこと？」

「んなわけあるか。まっすぐ書《か》け」

悠《ゆう》のひたいにデコピンする。

への字口《じぐち》になって2人《ふたり》をにらんだ。

「おまえら、どうせいつも漢字《かんじ》ドリルとか、『マス目《め》が埋《う》まれば、テキトーでいいや〜』って感《かん》じでやってるんだろ。そういうふだんのとり組《く》みかたが、文字《もじ》にでてるんだぞ」

「返《かえ》す言葉《ことば》も……」

「ございません……」

2人《ふたり》はしおしおと頭《あたま》をさげる。

「まったく。すこしは宮原《みやはら》を見習《みなら》え」

と、葵《あおい》のノートを手《て》にとった。

葵《あおい》は座布団《ざぶとん》のうえに正座《せいざ》し、澄《す》ましている。

「宮原《みやはら》の字《じ》は、いうことない。止《と》め撥《は》ねがしっかりしてるし、文字《もじ》のバランスもいい。よく見《み》ろ。おまえらの踊《おど》るミミズとは、ちがうだろ」

「踊《おど》るミミズじゃないよ。踊《おど》ってるのは悠《ゆう》で」

「ミミズはヒロトだよ」

「……心底《しんそこ》どっちでもいい……」

「字《じ》は心《こころ》を表《あらわ》す。きれいな心《こころ》は、きれいな字《じ》から。両親《りょうしん》に、そういい聞《き》かされていますから」

葵《あおい》は、フッ、と勝《か》ち誇《ほこ》ったように大翔《ひろと》たちを見《み》た。字《じ》はきれいだけど、あれ、心《こころ》はきれいじゃないよな……ぶつぶついう2人《ふたり》に、鉛筆《えんぴつ》が飛《と》んできた。

「はい、やめやめ。ここまで。……きまりだな」

荒井先生《あらいせんせい》は、うん、とうなずいた。

「この課題《かだい》は、宮原《みやはら》に挑戦《ちょうせん》してもらおう」

「……へ？」

3人《にん》はぽかんとした。

「課題《かだい》が書《か》きとりって……冗談《じょうだん》じゃなかったの？」

「俺《おれ》は冗談《じょうだん》なんて、いったことないぞ」

その言葉自体《ことばじたい》、冗談《じょうだん》だろうか？　大翔《ひろと》が考《かんが》えていると、

「まじめにいってる。宮原《みやはら》の修業《しゅぎょう》は、文字《もじ》の書《か》きとりをすることだ。ノートに、1文字《もじ》1文字《もじ》」

dream
HB

「だから、冗談《じょうだん》はよしてくれよ、先生《せんせい》。きたえてくれるって、約束《やくそく》したろ」

「だから、冗談《じょうだん》じゃねえって、いってんだろうが」

荒井先生《あらいせんせい》は唇《くちびる》をとがらせた。

「鬼《おに》を祓《はら》う技《わざ》を身《み》につけるんだろ？　剣術《けんじゅつ》とか、体術《たいじゅつ》とか、そういうのじゃないの？　文《も》字《じ》の書《か》きとりなんかして、なんになるんだよ？」

「文字《もじ》は大切《たいせつ》だぞ。国語《こくご》は、いろんな科目《かもく》の基礎《きそ》になってるだろうが」

「そういう話《はなし》じゃなくて」

「さて、大場《おおば》と桜井《さくらい》はこっちだ。宮原《みやはら》は、書《か》きとりをつづけとけ」

大翔《ひろと》の抗議《こうぎ》をさらりと無視《むし》し、荒井先生《あらいせんせい》はさっさと小屋《こや》をでていってしまった。

「……さっぱり意味《いみ》がわからねえ……」

「……まあ、とりあえずやっておくわ……」

葵《あおい》は肩《かた》をすくめると、ノートに鉛筆《えんぴつ》を走《はし》らせはじめた。

大翔《ひろと》と悠《ゆう》は首《くび》をかしげて、先生《せんせい》のあとを追《お》った。

2

小屋《こや》の外《そと》にでると、先生《せんせい》は拝殿《はいでん》の前《まえ》にいた。

はげかけた瓦屋根《かわらやね》をかぶった、小《ちい》さな拝殿《はいでん》だ。古《ふる》びた賽銭箱《さいせんばこ》。ボロボロの鈴緒《すずのお》が垂《た》れている。

「神社《じんじゃ》を使《つか》わしてもらうんだ。神様《かみさま》に、あいさつしておかないとな」

拝殿《はいでん》をながめて、荒井先生《あらいせんせい》がいった。

「神社《じんじゃ》の参拝作法《さんぱいさほう》は知《し》ってるか？　2人《ふたり》とも」

「お正月《しょうがつ》とかにやるやつのこと？」

「お賽銭《さいせん》をいれて、ねがいごとをするだけじゃないの？」

「いろいろと礼儀作法《れいぎさほう》があるんだよ。なんたって神様《かみさま》に参《まい》るんだからな」

――まず入《い》り口《ぐち》の鳥居《とりい》をくぐる際《さい》に一礼《いちれい》。これを一揖《いちゆう》というらしい。参道《さんどう》を歩《ある》くときは、左側《ひだりがわ》を歩《ある》かなければならない。中央《ちゅうおう》は、神様《かみさま》の通《とお》り道《みち》だからだ。

祈《いの》るときは、２回礼《かいれい》をし、２回手《かいて》を打《う》ち、１回礼《かいれい》をする。これを二拝二拍手一拝《にはいにはくしゅいっぱい》という。

それからそれから……。

「………と、以上《いじょう》が神社《じんじゃ》の正式《せいしき》な参拝作法《さんぱいさほう》だ。わかったか？」

大翔《ひろと》と悠《ゆう》は、顔《かお》を見《み》あわせた。

「わ、わかった……かな？」

「わ、わかった……かも？」

「……まあ、とりあえず、こまかいことはいい」

荒井先生《あらいせんせい》は、がっくりと肩《かた》をおとした。トン、トン、と左胸《ひだりむね》を指《ゆび》さす。

「心《こころ》がこもってればいい。礼儀作法《れいぎさほう》で一番大切《いちばんたいせつ》なのは、相手《あいて》への気遣《きづか》い、思《おも》いやりだからな」

見《み》た目《め》ヤクザか傭兵《ようへい》みたいな先生《せんせい》にそういわれても、いまいち説得力《せっとくりょく》はない。

「1人《ひとり》ずつ神様《かみさま》にあいさつしろ。大場《おおば》からだ」

「先生《せんせい》。こんなことよりさ」

大翔《ひろと》は唇《くちびる》をとがらせた。

「はやく修業《しゅぎょう》をつけてくれよ。約束《やくそく》したじゃないか」

「いいからやれって。修業《しゅぎょう》は参拝《さんぱい》が終《お》わってからだ」

それ以上《いじょう》なにもいうことはないとばかりに、木《き》に寄《よ》りかかって腕組《うでぐ》みする。

（……なんだよ）

大翔《ひろと》はムスッと唇《くちびる》をまげ、鳥居《とりい》にむかった。

「よし、大場《おおば》。教《おし》えた作法《さほう》を守《まも》って、神様《かみさま》にあいさつしろ」

「……わかったよ」

「アドバイスだ。どうすれば神様《かみさま》にみとめてもらえるか、自分《じぶん》なりに考《かんが》えてやれ。それじゃ、スタート」

どうすれば神様《かみさま》にみとめてもらえるか？　なんだそりゃ。

しかたない。さっさと終《お》わらせて、修業《しゅぎょう》をつけてもらおう。

大翔《ひろと》はその場《ば》で一礼《いちれい》すると、参道《さんどう》の左側《ひだりがわ》を進《すす》んだ。むこうで荒井先生《あらいせんせい》が腕組《うでぐ》みし、じっと大翔《ひろと》をみつめている。

拝殿《はいでん》の前《まえ》でたちどまると、財布《さいふ》から五円玉《えんだま》をとりだし、賽銭箱《さいせんばこ》に投《な》げいれた。1度《ど》はねかえって、地面《じめん》に落《お》ちてしまった。ひろって、あらためて箱《はこ》のなかにいれる。

鈴緒《すずのお》をつかんでゆらす。鈴《すず》がジャラジャラとうるさい音《おと》をたてた。

2回《かい》、おじぎ。2回《かい》、手《て》をたたき、祈《いの》る。もう1回《かい》おじぎし、回《まわ》れ右《みぎ》して参道《さんどう》をもどった。

「……よし、そこまで。お祈《いの》りは、なにを祈《いの》った？」

「べつに。はやく修業《しゅぎょう》したいってだけだよ」

「つぎ、桜井《さくらい》の番《ばん》だ。桜井《さくらい》、神様《かみさま》にあいさつしろ」

「は〜い」

こんどは、悠《ゆう》が鳥居《とりい》についた。

悠《ゆう》は一礼《いちれい》すると、ニコッと笑《わら》った。

参道《さんどう》の左側《ひだりがわ》を歩《ある》き、財布《さいふ》から五円玉《えんだま》をとりだすと、そっと賽銭箱《さいせんばこ》にいれた。

鈴緒《すずのお》をつかんでゆらす。シャランシャラン、と音《おと》がひびいた。

2回《かい》ぺこぺこ、2回《かい》パンパン、最後《さいご》に1回《かい》、ぺこっ！　とおじぎ。参道《さんどう》をもどった。

「……よし、そこまで。最後《さいご》、真《ま》ん中歩《なかある》いてたぞ」

「あちゃちゃ。忘《わす》れてた」

「桜井《さくらい》は、なにを祈《いの》ったんだ？」

「しばらく修業《しゅぎょう》でお邪魔《じゃま》するけど、よろしくおねがいします〜、って」

「最初《さいしょ》、鳥居《とりい》で笑《わら》ったのはなんでだ？」

「んっとねえ。めったに人《ひと》がこない山奥《やまおく》だから、神様《かみさま》がいるとしたら人見知《ひとみし》りかもな〜って、想像《そうぞう》したんだ」

悠《ゆう》が首《くび》をひねる。

「で、人見知《ひとみし》りの子《こ》には、怖《こわ》がらせないように、笑顔《えがお》かな〜って」

「なるほどな。……よし、きまりだ」

荒井《あらい》先生《せんせい》は、パン、と手《て》を打《う》った。

「この修業《しゅぎょう》は、やっぱり桜井《さくらい》にやってもらおう。適任《てきにん》だ」

「…………ふえ？」

「は？　修業《しゅぎょう》？　……神社《じんじゃ》の参拝《さんぱい》が？」

顔《かお》を見《み》あわせる2人《ふたり》に、先生《せんせい》はうなずいた。

「第《だい》2の課題《かだい》は、神社《じんじゃ》に参拝《さんぱい》することだ。いまのは、この課題《かだい》にどっちがむいてるか、適《てき》性《せい》を見《み》たんだ」

「待《ま》ってくれよ、先生《せんせい》！　こんなのが鬼《おに》を祓《はら》う修業《しゅぎょう》だっていうのか？　意味《いみ》わかんないよ！」

大翔《ひろと》は食《く》ってかかった。

「だいいち、なんで悠《ゆう》のほうが適性《てきせい》ありなんだよ。おれ、ちゃんとやったじゃないか」

「うむ。おまえはちゃんとやった。でも、ちゃんとやっただけで、心《こころ》がこもってなかったんだよな。仏頂面《ぶっちょうづら》で、賽銭《さいせん》のあつかいも鈴《すず》のあつかいも雑《ざつ》。先生《せんせい》にいわれたから、しかたなくやってるだけ感《かん》、まんまん」

大翔《ひろと》は、うっ、と言葉《ことば》につまった。

「対《たい》して桜井《さくらい》の参拝《さんぱい》には、心《こころ》がこもってた。具体的《ぐたいてき》には、あいさつされる相手《あいて》の気持《きも》ちを想像《そうぞう》してやってた。この課題《かだい》では、そこが大事《だいじ》なんだ。だから大場《おおば》より桜井《さくらい》のほうが、適《てき》性《せい》ありと判断《はんだん》した」

「……神社《じんじゃ》の参拝《さんぱい》なんかで、どうやって鬼《おに》を祓《はら》えるようになるっていうんだよ……？」

POWER!!

「さてな。賽銭《さいせん》をぶん投《な》げると、鬼《おに》が逃《に》げてくとか？」

「先生《せんせい》！　ふざけてんじゃないだろうな！」

「おお、怖《こわ》。怒《おこ》った大翔《ひろと》くん怖《こわ》。――よし、つぎだ。大場《おおば》はこっちだ。桜井《さくらい》はここで参拝《さんぱい》をつづけろ」

「ちょ、ちょっと待《ま》って！　結局《けっきょく》、どういうことなの？　ただ参拝《さんぱい》、してればいいの？」

「そうだ。自分《じぶん》のペースで、好《す》きなようにやっていいぞ。おまえのセンスにまかせる」

おろおろしている悠《ゆう》をのこして、荒井先生《あらいせんせい》はさっさと歩《ある》いていく。

大翔《ひろと》はあとを追《お》った。

3

いったい、これはなんの修業《しゅぎょう》なんだ？

『文字《もじ》の書《か》きとり』に、『神社《じんじゃ》の参拝《さんぱい》』。

あんなことしてて、どうやって鬼《おに》を祓《はら》えるようになるんだ？

納得《なっとく》できないまま、大翔《ひろと》は荒井《あらい》先生《せんせい》のあとを追《お》って歩《ある》いていった。

生《お》い茂《しげ》った草《くさ》むらをかきわけ、道《みち》なき道《みち》を進《すす》んでいくと……2本《ほん》ならんだ老木《ろうぼく》のあいだに、注連縄《しめなわ》がはりわたされているのが見《み》えてきた。

「ここが、修練場《しゅうれんじょう》の入《い》り口《ぐち》だ」

先生《せんせい》が注連縄《しめなわ》のむこうを指《ゆび》さすけれど……獣道《けものみち》がのびているようにしか見《み》えない。

「人払《ひとばら》いの術《じゅつ》をかけてかくしてあるんだ。このまま進《すす》んでも、行《い》き止《ど》まりになってる。

……ちょっと待《ま》ってろ」

そういうと、リュックから1冊《さつ》の本《ほん》をとりだした。和紙《わし》が束《たば》ねられた、かなり年代物《ねんだいもの》の本《ほん》だ。

ぱらぱらページをめくって確認《かくにん》すると、口《くち》のなかでぶつぶつぶやき、注連縄《しめなわ》にふれた。

「これで人払《ひとばら》いの結界《けっかい》がとける。今後《こんご》、修練場《しゅうれんじょう》に入《はい》るときは、俺《おれ》がこうして結界《けっかい》をとくからな」

「毎回《まいかい》？　先生《せんせい》と一緒《いっしょ》じゃないと、はいれないってこと？」

「そうだ。……いくぞ。このむこうだ」

注連縄《しめなわ》をくぐり、２人《ふたり》は進《すす》んでいく。

道《みち》にはいったすぐのところで……。

大翔《ひろと》は、ぎょっとして足《あし》を止《と》めた。

石像《せきぞう》が２体《たい》、道《みち》の両《りょう》わきにたっていたのだ。朽《く》ちかけ、コケでおおわれた、巨大《きょだい》な石像《せきぞう》だった。

大翔《ひろと》は、その石像《せきぞう》の姿《すがた》に見覚《みおぼ》えがあった。

――牛頭鬼《ごずき》と馬頭鬼《ばずき》だ。

牛《うし》と馬《うま》の鬼《おに》を模《も》した石像《せきぞう》が、金棒《かなぼう》を手《て》に、じっとこちらを見《み》おろしていた。

「それな。昔《むかし》、封印《ふういん》した鬼《おに》を石像《せきぞう》にして、修練場《しゅうれんじょう》を守《まも》る門番《もんばん》にしたらしいぞ」

ぼうぜんとたち尽《つ》くす大翔《ひろと》に気《き》づいて、荒井先生《あらいせんせい》が声《こえ》をかけた。

「どうした？　街《まち》でとつぜん、昔《むかし》の女《おんな》にでくわしたような顔《かお》して」

「だ、だって……」

よくわからないたとえをする先生《せんせい》に、大翔《ひろと》は青《あお》い顔《かお》でうめいた。

「い、以前《いぜん》、こいつらにおそわれたことがあるんだ……。先生《せんせい》なんて、こいつ――牛頭鬼《ごずき》に……喰《く》われちゃったんだぞ……」

「ん？　……ああ、なるほど。俺《おれ》が記憶《きおく》を失《な》くす前《まえ》の話《はなし》か」

荒井先生《あらいせんせい》は、もともと荒木先生《あらきせんせい》という先生《せんせい》だった。小学校《しょうがっこう》に閉《と》じこめられたとき、生徒《せいと》たちをかばって牛頭鬼《ごずき》に喰《く》われ、記憶《きおく》を失《うしな》った。先生《せんせい》の体中《からだじゅう》に傷《きず》があるのは、そのせいだ。

「そうか……。俺《おれ》が以前《いぜん》喰《く》われたのって、この鬼《おに》だったのか……」

荒井先生《あらいせんせい》は、牛頭鬼《ごずき》の石像《せきぞう》をしげしげと見《み》あげて、うなった。

「でっけえな……。でっけえ。こりゃ、俺《おれ》も喰《く》われるわけだ……。でっけえ……」

感想《かんそう》は以上《いじょう》。子供《こども》か。

「ま、喰《く》われちまったとはいえ、昔《むかし》の話《はなし》だろ？　さっさといくぞ」

「う、うん……。先生《せんせい》、ノリかるいな……」

2人《ふたり》は道《みち》を進《すす》んだ。

さっきまでと、なんだか空気《くうき》がちがう。

なにか……ちがう世界《せかい》に迷《まよ》いこんでしまったような気《き》がしてくるのだ。

木々《きぎ》の梢《こずえ》を抜《ぬ》け、ひらけた場所《ばしょ》にでた。

大翔《ひろと》は息《いき》をのんだ。

……とても、街《まち》の裏山《うらやま》の景色《けしき》とは思《おも》えなかったのだ。

見《み》わたすむこう、北《きた》の方角《ほうがく》に、岩壁《がんぺき》がそびえていた。

断崖絶壁《だんがいぜっぺき》だ。あんなの、テレビでしか見《み》たことがない。

東《ひがし》の方角《ほうがく》には、雄大《ゆうだい》な谷《たに》がひろがっている。谷《たに》のむこうには、色《いろ》とりどりの花《はな》が咲《さ》き乱《みだ》れる花畑《はなばたけ》。

西《にし》の方角《ほうがく》には、広大《こうだい》な池《いけ》。

「ここがおまえの修練場《しゅうれんじょう》だ。さっそく、課題《かだい》に挑戦《ちょうせん》してもらおう。あれだ」

ぽかんとする大翔《ひろと》をよそに、荒井先生《あらいせんせい》は池《いけ》のほうを指《ゆび》さした。

広大《こうだい》な池《いけ》に、小《ちい》さなイカダが何枚《なんまい》も、プカプカとうかんでいた。

イカダの1枚《まい》1枚《まい》は、麻縄《あさなわ》でゆるくつながれているようだ。

池《いけ》のうえをはるかむこう岸《ぎし》まで、道《みち》のように連《つら》なっている。

「あれをわたって、むこう岸《ぎし》までいけ」

まだぽかんとしている大翔《ひろと》に、ニヤリと笑《わら》いかけた。

「ビビったか？　まずはなにも考《かんが》えずにやってみろ。位置《いち》について、用意《ようい》――どん！」

ポン、と大翔《ひろと》の背中《せなか》を押《お》した。大翔《ひろと》の体《からだ》は反射的《はんしゃてき》に反応《はんのう》した。

走《はし》りだした。走《はし》りだしたら、よけいな考《かんが》えはふき飛《と》んだ。足《あし》を踏《ふ》みだしていくだけ。

池《いけ》は藻《も》でおおわれているが、底《そこ》は深《ふか》くないみたいだ。

大翔《ひろと》は、ぐっ、と踏《ふ》みこむと、池《いけ》のふちからジャンプした。

1枚《まい》めのイカダに跳《と》び乗《の》る。

ずぶり、とイカダがしずみこむ。

完全《かんぜん》にしずむ前《まえ》に、2枚《まい》めに跳《と》び移《うつ》る。

3枚《まい》め、4枚《まい》め……。

タンッ、タンッ、タタンッ――プカプカういたイカダのうえを、つぎつぎと走《はし》っていく。


――ツルッ！

足《あし》がすべった。イカダに生《は》えた、ヌルヌルとしたコケに足《あし》をとられたのだ。

あわててバランスをとろうとしたが、おそかった。視界《しかい》が反転《はんてん》した。

――ザバンッ！

大翔《ひろと》は、冷《つめ》たい池《いけ》のなかに投《な》げだされた。

「……ぷはっ！」

あわてて池《いけ》から顔《かお》をだす。藻《も》がからみついて、すごく気持《きも》ち悪《わる》い。

イカダにしがみついた。這《は》いあがろうと体重《たいじゅう》をかけると、しずんでしまう。いったん、

およいで岸《きし》へもどるしかなさそうだ。

「大場《おおば》！　なにしてる！　はやくあがれ！」

岸《きし》のほうから、荒井先生《あらいせんせい》がさけんだ。

「池《いけ》からでるんだ！　はやくしろっ！」

そんなにあわてなくてもいいのに。

池《いけ》の底《そこ》は浅《あさ》く、足《あし》がつく。おぼれるわけがない。

大翔《ひろと》は岸辺《きしべ》へむかっておよぎはじめた。

……と。

水《みず》のなかで、きらっ、と、なにかが光《ひか》るのが見《み》えた。

大翔《ひろと》はおよぎながら、目《め》をこらした。

魚《さかな》だ。

魚《さかな》が池《いけ》に、棲《す》んでいるらしい。

1匹《ぴき》、2匹《ひき》、3匹《びき》……たくさんいるようだ。

こちらへむかって、およいでくる。

大翔《ひろと》は、以前《いぜん》、コイの棲《す》む池《いけ》にパンくずをおとしたときのことを思《おも》いだした。何十匹《なんじゅっぴき》ものコイが、我先《われさき》にパンくずへあつまってきて、おもしろかったっけ。池《いけ》にエサをおとすと、そうなるんだよな。

……エサ？

ぱしゃんっ……

魚《さかな》の1匹《ぴき》が、水面《すいめん》からはねた。

――ガッチガッチガッチガッチガッチ……

ギザギザの牙《きば》が生《は》えそろった口《くち》をさかんにかみあわせている、グロテスクな魚《さかな》だった。サイズも目玉《めだま》も、やたらでかい。そして……ひたいからツノが生《は》えている。

「大場《おおば》！　この池《いけ》に棲《す》んでる魚《さかな》、全部《ぜんぶ》、鬼《おに》だ！　人間《にんげん》くらい、平気《へいき》で喰《く》うぞ！　はやく水《みず》からあがれっ！」

そういうことは先《さき》にいってくれよ！　先生《せんせい》！

大翔《ひろと》はあわてておよぎはじめた。学校《がっこう》のプールとはぜんぜんちがった。水《みず》は冷《つめ》たくにごり、藻《も》がまとわりつく。服《ふく》も着《き》たままだ。のろのろと進《すす》まない。

「いそげ！　すぐそこまできてる！　はやくしろ！」

ふりむくと、鬼《おに》ザカナの群《む》れはすぐそこまで迫《せま》ってきていた。

あわてた拍子《ひょうし》に、がぼっと水《みず》をのみこんだ。さらにあわてて、水《みず》をのむ。がぼっ、ごぼっ……。

大翔《ひろと》はパニックになった。


「バカッ！　この深《ふか》さでおぼれるやつがあるか！　待《ま》ってろ！」

荒井先生《あらいせんせい》が池《いけ》に飛《と》びこんだ。

バシャバシャおよいでくると、大翔《ひろと》のまわりへ群《むら》がった鬼《おに》ザカナへむけて、

「――――喝《かつ》ッ！」


ほとんど砲撃《ほうげき》みたいな大声《おおごえ》をだした。

池《いけ》にさざ波《なみ》がひろがっていく。鬼《おに》ザカナの群《む》れが、警戒《けいかい》するようにU《ユー》ターンしていく。

先生《せんせい》は大翔《ひろと》を背負《せお》うと、およいで岸《きし》にもどった。ぐったりした大翔《ひろと》を地面《じめん》に座《すわ》らせ、背《せ》中《なか》をたたく。大翔《ひろと》はのみこんでいた水《みず》を吐《は》き、げほげほとせきこんだ。

「つたく。いきなり死《し》にかけるなよ。びっくりするだろうが」

むちゃくちゃいってくる。びっくりしたのは、どう考《かんが》えても大翔《ひろと》のほうだったと思《おも》う。

「そういうわけで、これが3つ目《め》の修業《しゅぎょう》。名付《なづ》けて……『地獄《じごく》アスレチック』だ」

大翔《ひろと》は、プカプカとうかんだイカダをみつめた。

「鬼《おに》と戦《たたか》うために必要《ひつよう》な力《ちから》がきたえられる、特製《とくせい》アスレチックコースだ。瞬発力《しゅんぱつりょく》、筋力《きんりょく》、バランス感覚《かんかく》、忍耐力《にんたいりょく》、決断力《けつだんりょく》……なにより度胸《どきょう》。ただの度胸《どきょう》じゃない。くそ度胸《どきょう》だ」

荒井先生《あらいせんせい》は、じっと大翔《ひろと》の目《め》をのぞきこんだ。

「もうわかったと思《おも》うが……失敗《しっぱい》すれば、最悪《さいあく》、命《いのち》をおとす。……それでも、やるか？」

「……もちろん」

大翔《ひろと》はうなずいた。

「ぜんぜん、怖気《おじけ》づいてなんかない。こんくらい、屁《へ》でもねえさ。やるよ。かならずむこう岸《ぎし》までたどりついてみせる」

「……あー。……わかってねえな」

ぎゅっ、と拳《こぶし》をにぎりしめて意気《いき》ごむ大翔《ひろと》に、荒井先生《あらいせんせい》は、ほじほじと耳《みみ》をほじった。

「俺《おれ》は、ア、ス、レ、チ、ッ、ク、コ、ー、ス、っていったんだぞ？」

そういって、あたりを見《み》まわした。

大翔《ひろと》もつられてあたりを見《み》まわし……絶句《ぜっく》した。

北《きた》の断崖絶壁《だんがいぜっぺき》。

高度《こうど》100メートルはあろうかというその壁面《へきめん》に、麻縄《あさなわ》がくくりつけられているのに気《き》づいたのだ。

ぶらりと横《よこ》にはりわたされた縄《なわ》は、〝足場《あしば》〟だった。高度《こうど》100メートルに、ロープ1本《ぽん》でつくられた足場《あしば》。

絶壁《ぜっぺき》のなかほどには、竹《たけ》がぶらさがっている。まるで鉄棒《てつぼう》みたいに。

絶壁《ぜっぺき》だけじゃない。東《ひがし》の谷《たに》にも、たくさんの縄《なわ》や丸太《まるた》がかけられている。谷《たに》をつなぐボロボロのつり橋《ばし》、1本《ぽん》の丸太《まるた》。

西《にし》の池《いけ》にはイカダ。そのむこうには、巨大《きょだい》なアリ地獄《じごく》。天《てん》を貫《つらぬ》くようにのびた登《のぼ》り棒《ぼう》。

「おまえの課題《かだい》は、この地獄《じごく》アスレチック全《ぜん》20コースをクリアすることだ」

口《くち》もとをひきつらせる大翔《ひろと》に、荒井先生《あらいせんせい》は、そういってにやりと笑《わら》いかけた。

「……ぜんぜん怖気《おじけ》づいてなんかない、か？」

「あ、あったりまえさ！」

大翔《ひろと》は、やけっぱちでこたえた。

2 囚《とら》われの章《しょう》吾《ご》

母《かあ》さんへ。

元気《げんき》ですか？　おれは元気《げんき》です。
勝手《かって》にいなくなってごめん。こっちはだいじょうぶなので、心配《しんぱい》しないでくれ。
手術《しゅじゅつ》、うまくいったって聞《き》いたけど、その後《ご》どう？
安静《あんせい》にして、はやくよくなってくれ。

金谷章吾《かなやしょうご》は、そこまで書《か》くと、動《うご》かしていた鉛筆《えんぴつ》を止《と》めた。
便箋《びんせん》につづった文章《ぶんしょう》を確認《かくにん》し、首《くび》をかしげる。

「手紙《てがみ》って、書《か》いてると、なんか変《へん》な気分《きぶん》になるんだよな……」

「ヘンな気分《きぶん》ってえ？」

となりの部屋《へや》——キッチンのほうから、声《こえ》がこたえた。

章吾《しょうご》は、ふかふかのソファにもたれかかると、手《て》のなかで鉛筆《えんぴつ》をくるくるとまわす。

「なんか……あらたまっちまう感《かん》じだよ」

「あらたまるってえ？」

「毎日《まいにち》、病院《びょういん》のお見舞《みま》いで話《はな》してたのに。あらためて手紙《てがみ》ってなると、なに書《か》いていいかわからない」

「オレ様《さま》のことでも書《か》いとけよ。こんな働《はたら》き者《もの》の鬼《おに》さん、見《み》たことないって」

「書《か》かねえよ」

キッチンから、棚《たな》をあけ閉《し》めする音《おと》や、食器《しょっき》をならべる音《おと》がひびく。いいにおいがただよってくる。

母《かあ》さんへの手紙《てがみ》を折《お》りたたんでわきにおくと、章吾《しょうご》はもう1枚《まい》、便箋《びんせん》をとりだした。

文章《ぶんしょう》をつづっていく。

「……なー。どうしてオレ様《さま》が、こんなことしなくちゃいけないんだ？」

ふたたび、キッチンから声《こえ》がひびいた。

不満《ふまん》たらたらって感《かん》じだ。

「地獄《じごく》の悪鬼《あっき》たるオレ様《さま》に、なにさせてくれちゃってんの？」

「俺《おれ》にいうなよ。黒鬼《くろおに》にいえ」

「だってあいつコワいんだもん」

ガラガラとワゴンがひかれてきた。

ワゴンには、たくさんの料理《りょうり》がのせられている。熱々《あつあつ》のステーキに、ハンバーグ。トンカツ、ローストビーフ……ほとんど肉料理《にくりょうり》だ。

「……食事《しょくじ》の用意《ようい》ができたわけだが」

声《こえ》の主《ぬし》はそういって、背中《せなか》に生《は》えた翼《つばさ》をすくめた。

ふわふわしたウサギみたいな体《からだ》に、白衣《はくい》を羽織《はお》っている。口《くち》にはマスク。頭《あたま》には給食帽《きゅうしょくぼう》。

給食帽《きゅうしょくぼう》を突《つ》きやぶって、２本《ほん》のツノが生《は》えている。

「……なにが悲《かな》しくて、人間《エサ》に食事用意《エサようい》しなくちゃいけないの？」

口《くち》からマスクをはぎとると、ツノウサギはため息《いき》をついた。

*

金谷章吾《かなやしょうご》がこの部屋《へや》にやってきたのは、数日前《すうじつまえ》のことだった。

桜ヶ島《さくらがじま》の街《まち》から車《くるま》に乗《の》せられてしばらく走《はし》り、うながされるまま外《そと》へでて歩《ある》いて、ようやく目《め》かくしをはずしたら、もうこの部屋《へや》だった。

たぶん、マンションかホテルの一室《いっしつ》だ。かなり高級《こうきゅう》な。

ひろびろとしたリビング。高《たか》い天井《てんじょう》に、かがやくシャンデリア。

足首《あしくび》までしずみこむ、やわらかな絨毯《じゅうたん》。

「……ふふ。どうしたの？　もっと怖《こわ》いところにつれてこられると思《おも》ってたかい？」

戸惑《とまど》って部屋《へや》を見《み》わたす章吾《しょうご》に、杉下先生《すぎしたせんせい》はニコニコと笑《わら》いかけた。

「ボクが章吾《しょうご》くんをつれてきたのは、ボクの後継者《こうけいしゃ》として育《そだ》てるためなんだよ？　見所《みどころ》のある大事《だいじ》な子供《こども》に、居心地《いごこち》のいい環境《かんきょう》を提供《ていきょう》するのはとうぜんじゃないか」

そういって、ウインクしてみせる。元《もと》・桜ヶ島小《さくらがじましょう》の人気教師《にんききょうし》。子供《こども》たちから絶大《ぜつだい》な支持《しじ》を誇《ほこ》った先生《せんせい》の笑顔《えがお》だ。

どの部屋《へや》も、きれいだった。

リビング、キッチン、寝室《しんしつ》、浴室《よくしつ》……トイレですらひろびろとしている。だだっぴろいレクリエーションルームには、バスケットボールのゴールに、卓球台《たっきゅうだい》。フィットネスバイクなどのトレーニングマシンもある。

たくさんのゲーム機《き》に、大画面《だいがめん》テレビ。タブレットにパソコン。大量《たいりょう》のマンガ。寝室《しんしつ》には、ふかふかの天蓋《てんがい》付《つ》きベッド。

「たりないものがあったら、遠慮《えんりょ》なくいってよ。なんでも用意《ようい》してあげる」

つぎつぎと部屋《へや》を紹介《しょうかい》しながら、杉下先生《すぎしたせんせい》はいう。

「これからしばらくここで生活《せいかつ》してもらうけど、部屋《へや》からでなければ、なにをするのも章吾《しょうご》くんの自由《じゆう》だ。体《からだ》を動《うご》かすもよし。ゲームをするもよし。読書《どくしょ》をするもよし。一日中《いちにちじゅう》、ただ寝《ね》るもよし。お世話係《せわがかり》を1匹《ぴき》つけるから、なにかあったらそいつにいってね」

「……あんた、なにを企《たくら》んでるんだ？　こんなことして、なにが狙《ねら》いなんだよ？」

章吾《しょうご》は、警戒《けいかい》のこもった目《め》つきで杉下先生《すぎしたせんせい》を見《み》あげた。

「企《たくら》む？　人聞《ひとぎ》きが悪《わる》いなあ。鬼聞《おにぎ》きも悪《わる》いなあ。なにも企《たくら》んでないよ。あたらしく生活《せいかつ》をはじめた子供《こども》とはやく仲良《なかよ》くなりたい、けれど物《もの》や環境《かんきょう》を与《あた》えることでしかそれを表現《ひょうげん》できない、大人《おとな》のこのピュアで不器用《ぶきよう》な気持《きも》ち、章吾《しょうご》くんにはわからないかなあ……」

「あんたがそんなタマかよ」

「しいていえば、立派《りっぱ》な鬼《おに》になるためには、ふさわしい環境《かんきょう》が必要《ひつよう》だってことだ。ボクはキミを、鬼《おに》の王様《おうさま》にしたいんだから」

と、にらみつける章吾《しょうご》の左手《ひだりて》を指《さ》した。

その手《て》はもう、人間《にんげん》のものじゃない。鉤爪《かぎづめ》の生《は》えた――鬼《おに》の手《て》だ。

「ボクは章吾《しょうご》くんを、最強《さいきょう》の〝黒鬼《くろおに》〟にしたいんだ。それだけだよ」

杉下先生《すぎしたせんせい》――黒鬼《くろおに》の人間体《にんげんたい》は、ニコニコと貼《は》りつけたような笑《え》みをうかべた。

＊

「どうしてオレ様《さま》が、ガキの世話係《せわがかり》なんかを……」

ツノウサギは、ぶつぶついいながら料理《りょうり》の配膳《はいぜん》をはじめた。

ワゴンから皿《さら》をとり、テーブルにならべていく。紙《かみ》ナプキンを敷《し》き、ナイフとフォークをならべる。ごはんをよそい、グラスにトマトジュースをそそぐ。

忘《わす》れてたー！　とキッチンからパセリを持《も》ってくると、ステーキ皿《ざら》に添《そ》えた。

「……なんで鬼《おに》のくせに、料理《りょうり》の彩《いろど》り気《き》にしてんだよ……」

「緑《みどり》は大事《だいじ》じゃやね？」

どうもこの鬼《おに》はよくわからない。

章吾《しょうご》は料理《りょうり》を食《た》べはじめた。腹《はら》が減《へ》っていたので、がつがつとかきこむ。ツノウサギが、なぜか得意《とくい》そうに、うまいだろう、ときいてくる。実際《じっさい》、うまかった。

食《た》べながら、むくむくと疑問《ぎもん》が湧《わ》きあがってくる。

この部屋《へや》で生活《せいかつ》をはじめて数日《すうじつ》。

……ここは、どこなんだろう？

窓《まど》はすべて雨戸《あまど》がおろされ、外《そと》は見《み》えない。雨戸《あまど》はあけようとしてもびくともしなかった。

玄関《げんかん》ドアは1つ。これも外側《そとがわ》からカギがかけられ、あかない。

ケータイはとりあげられている。部屋《へや》のパソコンでできるのはオフラインのゲームくらいで、通信《つうしん》しようとするとエラーがでてしまう。

(軟禁状態《なんきんじょうたい》ってやつだよな、これ……)

とはいえ、なにも不自由《ふじゆう》はなかった。部屋《へや》にはすべてそろっている。そろいすぎているくらいだ。

章吾《しょうご》は毎日《まいにち》、なるべくいままでどおりの生活《せいかつ》を送《おく》るようにしていた。いままでどおりの時間《じかん》に寝起《ねお》きし、学校《がっこう》にかよっていた時間《じかん》は自分《じぶん》で勉強《べんきょう》する。なんとなく、そうしないとおちつかなかったのだ。

気《き》になっているのは、入院《にゅういん》している母《かあ》さんのこと。

それと……。

「……もうちょっと、食事《しょくじ》ないのか？」

食《た》べおえると、章吾《しょうご》は口《くち》もとについたソースをぬぐった。

テーブルのうえには、空《から》になった皿《さら》が山《やま》になっている。

「くそお。あまったら、いただくつもりだったのに。全部《ぜんぶ》喰《く》いやがって」

ツノウサギが、あいた皿《さら》をかさねながらぼやく。

「ほかになにかないか？　腹減《はらへ》ってるんだ」

「オレはおまえを喰《く》いたい」

そのとき、ガチャッと玄関《げんかん》ドアがひらいて、杉下先生《すぎしたせんせい》が顔《かお》をだした。

「やあ、さしいれ持《も》ってきたよ」

デパートの紙袋《かみぶくろ》をさげて、ニコニコと笑《わら》う。1日《にち》1度《ど》、こうしていろいろなものを持《も》ってくるのだ。

紙袋《かみぶくろ》には、ケーキとシュークリームがはいっていた。かじってみると、めちゃくちゃおいしい。

「はい、こっち向《む》いて」

シュークリームを口《くち》にする章吾《しょうご》に、杉下先生《すぎしたせんせい》はスマホのカメラを向《む》けた。

にらむ章吾《しょうご》に、ニコニコ笑《わら》い、パシャパシャ写真《しゃしん》を撮《と》っている。

「たっぷり食《た》べるんだよ。鬼《おに》の力《ちから》を手《て》にすると、ふだんよりお腹《なか》が空《す》くんだ」

杉下先生《すぎしたせんせい》は、章吾《しょうご》の左手《ひだりて》を指《さ》した。

「鬼《おに》の体《からだ》は、人《ひと》より代謝《たいしゃ》が大《おお》きいからね。たくさんのエネルギーを必要《ひつよう》とするんだ。だいじょうぶ。食事《しょくじ》はそこのアホウサギさん——ツノウサギさんが、たっぷりつくってくれるからさ」

「わざといってるだろ、クソ鬼《おに》。あ、黒鬼《くろおに》か」

ツノウサギがにらむのを無視《むし》して、杉下先生《すぎしたせんせい》はニコニコと章吾《しょうご》に笑《わら》いかける。

「左手《ひだりて》が体《からだ》に馴染《なじ》んだら、こんどはどこを鬼《おに》にしようか？　右手《みぎて》がいい？　左足《ひだりあし》かな？

ふふ、最強《さいきょう》の鬼《おに》に近《ちか》づいていく。楽《たの》しみだよね」

「…………」

章吾《しょうご》はもくもくとケーキを口《くち》にする。

「うれしくないの？」

「……最強《さいきょう》の鬼《おに》とか、興味《きょうみ》ねえよ。俺《おれ》は、死神《しにがみ》を母《かあ》さんに近《ちか》づけたくないだけだ」

人《ひと》に死《し》を与《あた》える存在《そんざい》をやっつける。章吾《しょうご》のねがいは、それだけだ。

「欲《よく》がないなあ。せっかく、力《ちから》を手《て》にいれたんだからさ。むかつくあいつをぶっ殺《ころ》したいとか、いらつくあれをぶっこわしたいとか、そういうの、ないの？」

杉下先生《すぎしたせんせい》は口《くち》をへの字《じ》にまげた。

気《き》づいたように、テーブルのすみにおかれた便箋《びんせん》に目《め》をとめた。

「これはお母《かあ》さんにだす手紙《てがみ》？」

ひょいと手《て》をのばす。

章吾《しょうご》はあわてて便箋《びんせん》をとろうとしたが、杉下先生《すぎしたせんせい》のほうがはやかった。

「『──母《かあ》さんへ。元気《げんき》ですか？　おれは元気《げんき》です。勝手《かって》にいなくなってごめん。こっちはだいじょうぶなので、心配《しんぱい》しないでくれ』……うんうん、いい手紙《てがみ》じゃない」

「おい、返《かえ》せよっ」

つかみかかる章吾《しょうご》の手《て》をかわしながら、杉下先生《すぎしたせんせい》は便箋《びんせん》をめくった。

「…………あれ？」

ニコニコ笑《わら》って、便箋《びんせん》をかかげた。

「これ、『大翔《ひろと》たちへ』って書《か》いてあるけど、どういうこと?」

章吾《しょうご》は唇《くちびる》をかんだ。

「お母《かあ》さんへ手紙《てがみ》をだすのは、特別《とくべつ》にいいっていったよ。でも、大翔《ひろと》くんたちには、なんで手紙《てがみ》だすの?」

「……無事《ぶじ》を知《し》らせようと思《おも》ったんだ」

「ほう。無事《ぶじ》を」

「バカ大翔《ひろと》は、思《おも》いつめてるだろうし。ほかのやつらも、落《お》ちこんでるだろうし。だからせめて、無事《ぶじ》だけ伝《つた》えようと思《おも》ったんだ。それだけだ」

「ふんふん。それはつまり」

杉下先生《すぎしたせんせい》はニコニコうなずいて、章吾《しょうご》の胸《むね》に手《て》をのばした。

「まだ、友達《ともだち》に未練《みれん》があるってこと?」

ピン、と人《ひと》さし指《ゆび》でつついた。

とたん、章吾《しょうご》の体《からだ》はふっ飛《と》んで、テーブルにたたきつけられた。

ガチャガチャガチャン！　皿《さら》やグラスが床《ゆか》に転《ころ》げ落《お》ちてわれる。

あーっ、高《たか》い食器《しょっき》がーっ！　ツノウサギが悲鳴《ひめい》をあげた。

「ダメだよ章吾《しょうご》くん。友達《ともだち》のことは忘《わす》れるって、先生《せんせい》と約束《やくそく》したのにさ」

たおれてうめく章吾《しょうご》を、杉下先生《すぎしたせんせい》は唇《くちびる》を突《つ》きだして見《み》おろした。

「立派《りっぱ》な黒鬼《くろおに》になるために、友達《ともだち》は捨《す》てるっていったのに。先生《せんせい》との約束《やくそく》、やぶる子《こ》はダメだよ」

「べつに、やぶってねえよ。あいつらのこと、もう友達《ともだち》だなんて思《おも》ってねえ……」

章吾《しょうご》は、皿《さら》をかきわけてたちあがった。

「ただ、あいつら、あきらめが悪《わる》いからよ」

「なるほど」

「俺《おれ》をさがして追《お》ってきたりしたら、あんただって、都合悪《つごうわる》いだろ？」

「うんうん」

「だから、もう関《かか》わるなって伝《つた》えようとしただけだ。危険《きけん》だから、俺《おれ》のことは忘《わす》れろって

――」

「ブッブ～。友達《ともだち》への思《おも》いやりが伝《つた》わってしまいました」

「――がはっ！」

章吾《しょうご》は背中《せなか》から壁《かべ》にたたきつけられた。

壁《かべ》にかけられていた額《がく》が落《お》ち、ガラスが粉々《こなごな》にわれて散《ち》らばる。ツノウサギが、おいこらあああと怒鳴《どな》り声《ごえ》をあげる。部屋《へや》の掃除《そうじ》だれがすると思《おも》ってんだごらああ！

「うーん。やっぱり、まだ心《こころ》がぜんぜん鬼《おに》になりきれてないね。もうすこしくらい、鬼《おに》らしくなってくれたかと思《おも》ってたんだけど」

杉下先生《すぎしたせんせい》は、ひざをかかえてかがみこんだ。

たおれた章吾《しょうご》の顔《かお》を、じっとのぞきこむ。

「あのね章吾《しょうご》くん。ボクはこの部屋《へや》での生活《せいかつ》で、キミがもっとダメな子《こ》になってくれることを期待《きたい》しているんだ。人間社会《にんげんしゃかい》のルールからはずれた暮《く》らしのなかで、自分《じぶん》のやりたいことだけにうつつを抜《ぬ》かし、他人《たにん》のことなどかえりみない、自己中《じこちゅう》で、傲慢《ごうまん》で、どうしようもない子供《こども》になってほしいんだ」

杉下先生《すぎしたせんせい》は、熱心《ねっしん》に説明《せつめい》する。

「でも章吾《しょうご》くんは、早寝《はやね》早起《はやお》き、きちんと勉強《べんきょう》もして、優等生《ゆうとうせい》みたいな生活《せいかつ》を送《おく》っているし、友達《ともだち》や家族《かぞく》を思《おも》いやってしまっている。そんなの、鬼《おに》として失格《しっかく》だよ。章吾《しょうご》くんが悪《わる》いんじゃない。先生《せんせい》のやりかたが悪《わる》いんだ。キミを立派《りっぱ》な鬼《おに》にするためには……このさい、家族《かぞく》も捨《す》てさせなくちゃいけないのかもしれない」

章吾《しょうご》は、はっと目《め》を見《み》ひらいた。

杉下先生《すぎしたせんせい》は、こまったような顔《かお》をしてつづける。

「そりゃ、章吾《しょうご》くんがどうしてもっていうから、お母《かあ》さんの様子《ようす》は伝《つた》えてあげてるけどさ。手紙《てがみ》だってだしてあげるっていったけどさ。でもそれが章吾《しょうご》くんが立派《りっぱ》な鬼《おに》になる妨《さまた》げになるなら、つづけられないよ……」

「そ、それはだめだ」

章吾《しょうご》は、ぶるぶると首《くび》をふった。

「俺《おれ》から連絡《れんらく》なかったら、母《かあ》さん、心配《しんぱい》する。体《からだ》に良《よ》くないよ」

「うーん。でもなあ……」

「……たのむ。このとおりだ」

章吾《しょうご》は、床《ゆか》に頭《あたま》をこすりつけた。

「……友達《ともだち》のことは、忘《わす》れるようにするからさ……」

「うん、わかった。そういってくれるならいいんだ。先生《せんせい》もいいすぎた。考《かんが》えてみれば、そんな気《き》にすることじゃなかったのに。だってもう、彼《かれ》らのほうが章吾《しょうご》くんのこと、友達《ともだち》だなんて思《おも》っちゃいないだろうしね」

「…………」

「それくらい、わかってるだろ？　キミは大翔《ひろと》くんたちを、裏切《うらぎ》ったんだからさ」

章吾《しょうご》はがっくりとうなだれ、肩《かた》をふるわせた。

「ふふ。なんだよ、泣《な》くことないじゃないか。……さあ、お母《かあ》さんへの手紙《てがみ》、あずかるよ。キミの無事《ぶじ》、知《し》らせてあげよう」

「……ああ」

章吾《しょうご》はごしごしと目《め》もとをぬぐうと、書斎《しょさい》から封筒《ふうとう》を持《も》ってきた。

桜ヶ島《さくらがじま》総合病院《そうごうびょういん》の住所《じゅうしょ》を書《か》くと、母《かあ》さんへ書《か》いた手紙《てがみ》をいれ、切手《きって》を貼《は》る。

杉下先生《すぎしたせんせい》は封筒《ふうとう》を受《う》けとると、ニッコリ笑《わら》った。

「お母《かあ》さん、よろこぶといいね」

＊＊＊

『……黒鬼様《くろおにさま》』

杉下先生《すぎしたせんせい》が玄関《げんかん》をでると、背中《せなか》に声《こえ》がかかった。

廊下《ろうか》に落《お》ちた、先生《せんせい》の影《かげ》。

その影《かげ》から、にゅいっと子供《こども》の影《かげ》があらわれて、壁《かべ》にうつりこんだ。

「やあ、影鬼《かげおに》くんじゃないか。どうしたんだい？」

『……章吾《しょうご》のこと、あんまりいじめないでください』

影鬼《かげおに》は、おずおずといった。

『おいらも章吾《しょうご》には、立派《りっぱ》な鬼《おに》になってほしいです。けど、乱暴《らんぼう》したり、泣《な》かせたりはいやだよ』

「……影鬼《かげおに》くんは、教育《きょういく》っていうものがわかっていないようだね」

杉下先生《すぎしたせんせい》はニコニコと、章吾《しょうご》から受《う》けとった封筒《ふうとう》に手《て》をかけた。

ビリビリとひき裂《さ》く。影鬼《かげおに》が、あっ、と声《こえ》をあげた。

『黒鬼様《くろおにさま》、ひどいよ。お母《かあ》さんへの手紙《てがみ》、送《おく》ってあげるって、章吾《しょうご》に約束《やくそく》したのに……』

「だって、友達《ともだち》がダメで、親《おや》ならいいわけないじゃない。心《こころ》を人《ひと》に近《ちか》づけてしまうもの。これから章吾《しょうご》くんの心《こころ》は、人《ひと》から鬼《おに》になっていくんだ。それを妨《さまた》げるものは、すべてとりのぞく」

ビリッビリッ――何度《なんど》もていねいにやぶくと、宙《ちゅう》へ舞《ま》わせた。

バラバラになった手紙《てがみ》の屑《くず》が、風《かぜ》にふかれて飛《と》んでいく。

「すべては章吾《しょうご》くんを立派《りっぱ》な鬼《おに》にするため。これが教育《きょういく》だよ、影鬼《かげおに》くん」

＊＊＊

「……ったくよう。片《かた》づけるほうの気《き》持《も》ちもすこしは考《かんが》えてほしいわ……」

食器《しょっき》やガラスの破片《はへん》が散《ち》らばった床《ゆか》を見《み》おろし、ツノウサギはげんなりした声《こえ》をだした。

ホウキとチリトリを持《も》ってくると、破片《はへん》や食《た》べかすをせっせと掃《は》きはじめる。

「さすがに傷《きず》ついたのか？　おまえが泣《な》くなんて」

「……そう見《み》えたか？」

章吾《しょうご》は、まだうっすらとにじむ涙《なみだ》をぬぐった。

たおれこむように、ソファに背《せ》をもたせかける。

「……泣《な》きまねなんて、何年《なんねん》ぶりだろ」

「んあ？　泣《な》きまね？」

「いまはおとなしくしといたほうがいいって思《おも》って、とっさにさ。あそこで歯向《はむ》かっても、ぶちのめされてただけだろ」

章吾《しょうご》は、黒鬼《くろおに》の指《ゆび》がふれた部分《ぶぶん》をなでた。まだぴりぴりしている。

「あいつ怖《こわ》いわ。いま戦《たたか》っても、まるで勝《か》ち目《め》ねえな」

「またそんなクールに……」

「俺《おれ》は大翔《ひろと》とはちがうんでね。勝《か》てないかもしれない勝負《しょうぶ》に挑《いど》むのは、バカのすることだ。

勝《か》てない勝負《しょうぶ》は、勝《か》てる勝負《しょうぶ》にするんだ。……あいつが俺《おれ》を後継者《こうけいしゃ》にしたいなら、勝《か》ち目《め》はある」

章吾《しょうご》はぺろっと舌《した》をだした。

「力《ちから》をもらえるだけもらったら、ぶったおして逃《に》げてやる。鬼《おに》の王様《おうさま》になんて、だれがなるかっつうの」

「……やれやれ。鬼《おに》も顔負《かおま》けの腹黒《はらぐろ》さじゃねーか。やっぱおまえ、鬼《おに》にむいてるわ」

ツノウサギはあきれたように翼《つばさ》をすくめた。

「黒鬼《くろおに》も死神《しにがみ》も、全部《ぜんぶ》俺《おれ》がぶったおす。俺《おれ》に欲《よく》があるとしたら、そんだけだ。……心配《しんぱい》なのは、大翔《ひろと》たちがよけいなことしねえかってことだ。あいつら、おせっかいだからな」

せっせと掃除《そうじ》するツノウサギに、章吾《しょうご》はうなずきかけた。

「たのみがあるんだ」

3 みんなで成果確認《せいかかくにん》！

1

掃除《そうじ》当番《とうばん》が終《お》わると、大翔《ひろと》たちはそろって教室《きょうしつ》を飛《と》びだした。

毎日《まいにち》の修業《しゅぎょう》スケジュールは、荒井先生《あらいせんせい》にわたされた『修業予定表《しゅぎょうよていひょう》』というプリントにまとめられている。きれいにデザインされたプリントで、さすがに元《もと》・先生《せんせい》だと思《おも》うけど

……いまいち修業《しゅぎょう》っぽくはない。

急《いそ》ぎ足《あし》で裏山《うらやま》へむかう。

大翔《ひろと》はこのごろ、体《からだ》がかるい。石段《いしだん》をのぼっても、まるで息《いき》もあがらなくなってきた。

——チャリンチャリンチャリンチャリン！

走《はし》っていると、とつぜん、坂《さか》のうえから自《じ》転《てん》車《しゃ》が1台《だい》、飛《と》びだしてきた。

「どいて——っ！　ブレーキがきかないんだ——っ！」

低《てい》学《がく》年《ねん》の男《おとこ》の子《こ》が、必《ひっ》死《し》にハンドルにしがみついている。

坂《さか》の下《した》には、子《こ》供《ども》たちが道《みち》いっぱいにひろがって歩《ある》いている。

「ぶつかるううーっ！」

自《じ》転《てん》車《しゃ》は、すいこまれるように子《こ》供《ども》たちのほうへむかい……。

横《よこ》をとおり抜《ぬ》ける瞬《しゅん》間《かん》、大《ひろ》翔《と》は、トン、と地《じ》面《めん》をけった。

猛《もう》スピードで走《はし》ってくる自《じ》転《てん》車《しゃ》へ飛《と》びこむと、サドルから男《おとこ》の子《こ》をかっさらった。

くるっ！　と腰《こし》をひねりながら、ハンドルをけりつけて方《ほう》向《こう》を変《か》える。

もう片《かた》足《あし》を地《じ》面《めん》につくと、よろけもせずに着《ちゃく》地《ち》した。自《じ》転《てん》車《しゃ》はブロック塀《べい》に激《げき》突《とつ》して止《と》まった。

「……だいじょうぶか？」

かかえた男《おとこ》の子《こ》をおろすと、男《おとこ》の子《こ》はぽかんとして大翔《ひろと》を見《み》あげている。

「ヒロト、だいじょうぶ〜!?」

「おう、だいじょうぶだ！　――んじゃな。こんどから気《き》をつけるんだぞ」

「いそぎましょ！　おくれるわ！」

「待《ま》ってよ2人《ふたり》とも！　ぼくだけ補習《ほしゅう》はやだよう！」

「あんなやつ、うちの学校《がっこう》にいたっけ……」

走《はし》り去《さ》っていく大翔《ひろと》をぼうっと見《み》やり、男《おとこ》の子《こ》はぽつりとつぶやいた。

「……かっけえ」

＊

今日《きょう》の修業《しゅぎょう》スケジュールは、『みんなで成果確認《せいかかくにん》』。

この数週間《すうしゅうかん》でやってきた、3人《にん》の修業《しゅぎょう》の成果《せいか》をみる。

荒井先生《あらいせんせい》が審査《しんさ》をして、修業《しゅぎょう》をつぎの段階《だんかい》へ進《すす》めるかどうか、判定《はんてい》するらしい。


『ひらがなれんしゅうちょう』

『カタカナれんしゅうちょう』

『1年生《ねんせい》　漢字《かんじ》ドリル』『2年生《ねんせい》　漢字《かんじ》ドリル』……『6年生《ねんせい》　漢字《かんじ》ドリル』

『四文字熟語《もじじゅくご》ドリル』

『故事成語《こじせいご》ドリル』


「……とりあえず、ここまで終《お》わりました」

葵《あおい》は文机《ふづくえ》のうえに、ノートを1冊《さつ》1冊《さつ》かさねていった。あれからほんとにずっと、書《か》きとりをしていたらしい。

ノートには、葵《あおい》のきれいな文字《もじ》がびっしりと書《か》きこまれている。

「よくこれだけの数《かず》をこなしたな」

「全部《ぜんぶ》で、1、2、3……10冊《さつ》ぶんも書《か》きとりしたのかよ、葵《あおい》」

「さすがアオイだよね。まあ、いつもどおりというか……」

「ちがうわ。それは3セット目《め》」

と、わきに積《つ》まれたノートをしめした。

ドサドサドサッ——文机《ふづくえ》のうえに、ノートが山《やま》になった。

「同《おな》じのを3冊《さつ》ずつ、やってみたの。だから全部《ぜんぶ》で30冊《さつ》。やりかけのがもう1冊《さつ》」

大翔《ひろと》と悠《ゆう》は、ずっこけた。

「それ全部《ぜんぶ》、ひたすら、書《か》きとりしたっていうの……？」

「あ、飽《あ》きなかったのかよ……？　お、おれ、1冊《さつ》だって無理《むり》だぜ……」

「むしろ、やってるうちに楽《たの》しくなってきちゃったのよね……。あたし、もともとは漢字《かんじ》ドリルより、計算《けいさん》ドリル派《は》だったの。計算《けいさん》ドリルの、思考《しこう》をぐんぐんとがらせていく感《かん》じが、気持《きも》ちよくて。でも書《か》きとりの、広大《こうだい》な空白《くうはく》を1文字《もじ》1文字《もじ》埋《う》めていく感《かん》じも、壮大《そうだい》で楽《たの》しいなって思《おも》うようになってきて。だから、つい多《おお》めにやっちゃったのよね……」

「ど、どうしよう、ヒロト……。アオイのいってることが、さっぱりわからないよ……」

「お、おれもだ……」

大翔《ひろと》と悠《ゆう》は、抱《だ》きあってガタガタとふるえた。そもそも『漢字《かんじ》ドリルより計算《けいさん》ドリル派《は》』ってところからわからない。その派閥《はばつ》なんなんだよ。

「いい集中力《しゅうちゅうりょく》だ、宮原《みやはら》。ここまでできるのは並《なみ》じゃない。しかも、どの文字《もじ》もきれいだ。はやいのに、雑《ざつ》になってないんだな」

ノートをぱらぱらとめくりながら、荒井先生《あらいせんせい》は感心《かんしん》したようにうなずいた。

「合格《ごうかく》だ。修業《しゅぎょう》をつぎの段階《だんかい》に進《すす》めよう」

と、リュックサックをごそごそとさぐり、古《ふる》い本《ほん》をとりだす。この前大翔《まえひろと》も見《み》たやつだ。

「これは、鬼祓《おにばら》いの秘技《ひぎ》について記《しる》された本《ほん》なんだ。おまえらの修業《しゅぎょう》は、この本《ほん》に記《しる》された修練法《しゅうれんほう》にもとづいてやっている。――さわるなよ。この世《よ》に数冊《すうさつ》しかない、貴重《きちょう》な本《ほん》なんだからな」

いいつつ、自分《じぶん》はお世辞《せじ》にもていねいとはいえない手《て》つきで、ぱらぱらとページをめくっていく。

「ええっと、どのページだっけな――」

『最終試練《さいしゅうしれん》』

一瞬《いっしゅん》、そんな言葉《ことば》が書《か》かれているのが見《み》えた。

警告《けいこく》するように描《えが》かれた、ドクロマーク。

ぱらぱらページがめくられてしまって、すぐに見《み》えなくなる。

いまのなに？

大翔《ひろと》はきこうと、口《くち》をひらきかけた。

「……あった。これだ」

と、先生《せんせい》はページをひらいてさしだした。

見《み》たこともない文字《もじ》が、ずらりとならんでいる。漢字《かんじ》と図形《ずけい》がいりまじったような、奇《き》妙《みょう》な文字《もじ》だ。

「これは……梵字《ぼんじ》？　すこしちがうかしら」

「さすが宮原《みやはら》だ。おまえはほんと、博学《はくがく》だな。修業《しゅぎょう》の意味《いみ》、わかってきたろう？」

荒井先生《あらいせんせい》は、ニヤリと笑《わら》った。

「ふつうの文字《もじ》は、もう十分《じゅうぶん》だ。つぎはこの文字《もじ》を書《か》き写《うつ》せ」

2

みんなで成果確認《せいかかくにん》——つぎは悠《ゆう》の番《ばん》だ。

一同《いちどう》が見守《みまも》るなか、悠《ゆう》は拝殿《はいでん》を参拝《さんぱい》する。てくてくと参道《さんどう》を歩《ある》き、お賽銭《さいせん》をいれて、鈴《すず》を鳴《な》らし、ペコペコ、パンパン、ペコッ——くりかえす。

「この修業《しゅぎょう》は、どんな意味《いみ》があるんですか？」

せっせとお参《まい》りする悠《ゆう》を見《み》やりながら、葵《あおい》が首《くび》をひねった。

「あたしの課題《かだい》は、なんとなくわかりました。大翔《ひろと》の課題《かだい》はそのまま、身体能力《しんたいのうりょく》の向上《こうじょう》を意図《いと》したものでしょう？　でも悠《ゆう》のこれは、どんな意味《いみ》があるのか、さっぱりわかりません……」

「悠《ゆう》ーっ。修業《しゅぎょう》の成果《せいか》、でてるかあーっ？」

大翔《ひろと》が呼《よ》びかけると、悠《ゆう》は鈴緒《すずのお》をにぎりしめたまま、ふっふっふ！　と胸《むね》をはった。

「ずばり、参拝《さんぱい》のお作法《さほう》を完璧《かんぺき》にマスターしたよ！　ゲーム的《てき》にいえば、スキル『神社参《じんじゃさん》拝《ぱい》』がレベルMAX《マックス》になった感《かん》じだよう！」

「そ、そのスキル……役《やく》にたつのかよお……？」

「確実《かくじつ》に死《し》にスキルっぽい気《き》がするんだけど……」

大翔《ひろと》と葵《あおい》は顔《かお》を見《み》あわせ、肩《かた》をおとした。

「うーん。白状《はくじょう》するとだな。この修業《しゅぎょう》については、俺《おれ》もどう指導《しどう》していいか、よくわかってねえ」

荒井先生《あらいせんせい》が腕組《うでぐ》みしてうなった。

「ほかの２つは、教《おし》えたり手助《てだす》けしたりもできる。でもこの課題《かだい》は、俺《おれ》がヘタに口出《くちだ》しすると、逆《ぎゃく》にうまくいかなくなる。ある意味《いみ》、３つのなかで一番《いちばん》むずかしい課題《かだい》なんだ。桜《さくら》井《い》のセンスにまかせてるんだが……成果《せいか》がでてるか、よくわからん」

「神社《じんじゃ》の参拝《さんぱい》が、一番《いちばん》むずかしい課題《かだい》……？」

「理解不能《りかいふのう》なんですが……」

「――よ～し、そろそろ休憩《きゅうけい》にしよう！」

参拝《さんぱい》を数《すう》セットやると、悠《ゆう》は元気《げんき》よくそう宣言《せんげん》した。

拝殿《はいでん》の下《した》にもぐりこむと、ごそごそとレジャーシートをとりだす。

どうやら、家《いえ》から持《も》ってきたものを、神社《じんじゃ》の床下《ゆかした》にためこんでるみたいだ。ピクニックみたいにレジャーシートを敷《し》くと、そのうえにならべていく。マグカップに水筒《すいとう》。ポテトチップス、おせんべい。携帯《けいたい》ゲーム機《き》に、トランプ。

マグカップにジュースをそそぎ、ポテトチップスの袋《ふくろ》をあけると、ぶんぶんと大翔《ひろと》たちに手《て》をふった。

「休憩《きゅうけい》だよー！　こっちきて遊《あそ》ぼーっ！」

「……なんか、すっかりくつろいじゃってるわね……」

「……ぜったい、自分《じぶん》の部屋《へや》とかんちがいしてるよな……」

大翔《ひろと》と葵《あおい》は、こまった顔《かお》で先生《せんせい》を見《み》あげた。

「先生《せんせい》。どうすんだよ……？　悠《ゆう》、あの調子《ちょうし》だけど、このままでいいのか……？」

「先生《せんせい》として、指導《しどう》が必要《ひつよう》なのでは？」

「そんな目《め》で俺《おれ》を見《み》るなよ。俺《おれ》もよくわかんねえっていってるだろ」

「そんな無責任《むせきにん》な……」

「先生《せんせ》ぇ、たのむよぉ……」

「みんな〜！　むずかしい顔《かお》して、なに話《はな》してるのさ〜っ！」

ぼそぼそいいあう3人《にん》に、当《とう》の本人《ほんにん》は、ニコニコと手《て》をふった。

レジャーシートに寝《ね》そべって、ポテトチップスをぽりぽりやりながら、のんびりトランプをきっている。

「遊《あそ》ぼうよ〜う！」

大翔《ひろと》と葵《あおい》は、顔《かお》を見《み》あわせた。

はあっ、と、ため息《いき》をついた。

「なんかもう……」

「ま、いいか……って気《き》になってきたわね」

よし、休憩《きゅうけい》！

2人《ふたり》はさけんで、悠《ゆう》のもとへかけ寄《よ》った。

境内《けいだい》は陽《ひ》あたりがよくて、ポカポカしている。

悠《ゆう》がトランプを配《くば》りながら、ニコニコと笑《わら》う。悠《ゆう》はゲーム機《き》も好《す》きだけど、トランプやボードゲームも好《す》きだ。1人《ひとり》でやるのもおもしろいけど、友達《ともだち》と一緒《いっしょ》にやるのが一番楽《いちばんたの》しい。よくそんなことをいって、クラスメイトを誘《さそ》っている。

ついつい、修業《しゅぎょう》のことなんて忘《わす》れてしまった。

大翔《ひろと》と葵《あおい》は腕《うで》まくりして、カードを手《て》にとった。

＊

「くそ、俺《おれ》の苦労《くろう》も知《し》らんで、遊《あそ》びはじめやがって……」

楽《たの》しげにトランプをはじめた子供《こども》たちを見《み》やって、荒井先生《あらいせんせい》はがっくりと肩《かた》をおとした。

先生《せんせい》もやろうよーっ、という誘《さそ》いを丁重《ていちょう》に断《ことわ》り、鬼祓《おにばら》いについて書《か》かれた本《ほん》を見《み》なおす。

「ほんと、この課題《かだい》だけは、さっぱりわからん……。どうすればいいんだろうなあ……」

深《ふか》くため息《いき》をつく。

課題《かだい》のゴールはわかっている。でも、どうすれば達成《たっせい》できるか、まるでわからない。

先生《せんせい》はリュックから缶《かん》ビールをとりだすと、1人《ひとり》で木陰《こかげ》に座《すわ》りこんだ。ビールをのどに流《なが》しこみ、気持《きも》ちよさそうに息《いき》をつく。

と、むこうにネコをみつけた。境内《けいだい》を縄《なわ》ばりにしている、野良《のら》ネコだ。

荒井先生《あらいせんせい》が見《み》ているのに気《き》づくと、びくっとおびえて逃《に》げていった。

「……とって喰《く》いやしねえのによ」

「あ、にゃんこ！」

むこうで悠《ゆう》がネコに気《き》づいた。

ごそごそと拝殿《はいでん》の下《した》をさぐると、ねこじゃらしをとりだした。あいつほんと、まじめに修業《しゅぎょう》しねえな……荒井先生《あらいせんせい》はつい笑《わら》ってしまう。

悠《ゆう》がねこじゃらしをゆらすと、ネコは楽《たの》しげにじゃれついていく。1匹《ぴき》、もう1匹《ぴき》とあつまってきた。

荒井先生《あらいせんせい》は、その様子《ようす》をじっとみつめた。

いくらねこじゃらしがあるとはいえ、野生《やせい》の動物《どうぶつ》は警戒心《けいかいしん》が強《つよ》く、めったに人《ひと》には寄《よ》ってこないものだ。先生《せんせい》のそばに、ネコはぜったいに寄《よ》りつかない。
でも、そうじゃないやつが、たまにいる。
理由《りゆう》はわからない。でも、みんながそばに寄《よ》ってくるやつ。
ネコがもう1匹《ぴき》、2匹《ひき》と寄《よ》ってきた。
遊《あそ》ぶ子供《こども》たちのかたわらで、まるくなって眠《ねむ》りはじめる。
どこからか鳥《とり》が舞《ま》いおりてきて、せんべいをついばみはじめる。
子供《こども》たちの笑《わら》い声《ごえ》がひびく。
悠《ゆう》がのんびりと鼻歌《はなうた》をうたっている。

——チリン

拝殿《はいでん》の鈴《すず》が鳴《な》った。

——チリリン

風《かぜ》もふいていないのに。

「……どうやら、うまくいってるみたいだな。さすが桜井《さくらい》だ。俺《おれ》には、とても教《おし》えられねえ」

荒井《あらい》先生《せんせい》は苦笑《にがわら》いすると、ビール缶《かん》をかたむけた。

本《ほん》のページに目《め》をおとした。第《だい》2の課題《かだい》について書《か》かれたページだ。

「正真正銘《しょうしんしょうめい》、これが一番《いちばん》むずかしい課題《かだい》なんだ。昔《むかし》、秘技《ひぎ》を会得《えとく》しようとした者《もの》たちは、ほかの2つの課題《かだい》はクリアできた。でも、この課題《かだい》だけは、クリアできるやつがほとんどいなかったんだ」

はじける笑《わら》い声《ごえ》。

チリン、チリリン、と鳴《な》りひびく鈴《すず》。

まるで、そばで遊《あそ》んでいる友達《ともだち》たちに、見《み》えないだれかが「自分《じぶん》も仲間《なかま》にいれてよ」と呼《よ》びかけているみたいに。

第《だい》2の課題《かだい》のゴールは、
見知《みし》らぬ相手《かみさま》と、心《こころ》をかよわせること。

「子供《こども》にとっては、簡単《かんたん》な課題《かだい》なのかもな。……合格《ごうかく》だ。つぎの段階《だんかい》に進《すす》むぞ」

荒井先生《あらいせんせい》はちびちびビールをのみながら、楽《たの》しそうに遊《あそ》ぶ子供《こども》たちをみつめた。

「……くそ。俺《おれ》までまざりたくなってきちまったじゃねえか。おーい、俺《おれ》もやるぞ！　放《ほう》浪中《ろうちゅう》に賭《か》けトランプできたえた腕《うで》……見《み》せてやる！」

ぐいっとビールをのみ干《ほ》すと、ふらふらとした足《あし》どりで、子供《こども》たちの輪《わ》にまざっていった。

3

「みんなで成果確認《せいかかくにん》……最後《さいご》は、おれの番《ばん》だな！」

大翔《ひろと》は元気《げんき》よくいうと、準備運動《じゅんびうんどう》をした。屈伸《くっしん》をして、アキレス腱《けん》をのばす。

悠《ゆう》と葵《あおい》が、がんばれー！　と応援《おうえん》の声《こえ》を飛《と》ばす。荒井先生《あらいせんせい》はトランプで全敗《ぜんぱい》して機嫌《きげん》が悪《わる》いので、しばらくほっとこう。

地獄《じごく》アスレチックで大翔《ひろと》がクリアしたコースは、現在《げんざい》6つ。

「『地獄絶壁《じごくぜっぺき》・回転棒《かいてんぼう》』は、断崖絶壁《だんがいぜっぺき》で鉄棒《てつぼう》するんだ。逆上《さかあ》がりで手《て》がすべって、真《ま》っ逆《さか》さまに下《した》の川《かわ》にドボン。おぼれかけた」

「『地獄絶壁《じごくぜっぺき》・縄移動《なわいどう》』は、絶壁《ぜっぺき》にはられた縄《なわ》をわたる。途中《とちゅう》で縄《なわ》がきれちゃって、真《ま》っ逆《さか》さまに下《した》の川《かわ》にドボン。おぼれかけた」

「『地獄谷《じごくだに》・丸太移動《まるたいどう》』では、電流《でんりゅう》のとおった部分踏《ぶぶんふ》み抜《ぬ》いちゃって、以下同文《いかどうぶん》」

「『地獄花畑《じごくはなばたけ》わたり』では、走《はし》りながらガマンできずに空気《くうき》すったら、花粉《かふん》をすいこんで気絶《きぜつ》。眠《ねむ》り花粉《かふん》なんだ」

「……このアスレチックつくった人《ひと》、頭《あたま》おかしいんじゃないの？」

「まともじゃないよね。ヒロト、怖《こわ》くないの……？」

得意《とくい》げに語《かた》る大翔《ひろと》の話《はなし》に、葵《あおい》と悠《ゆう》は口《くち》もとをひきつらせた。

「なれだよ。やってるうちになれてきたんだ。２人《ふたり》もやらねえ？」

「「全力《ぜんりょく》で遠慮《えんりょ》します」」

「大場《おおば》よ。度胸《どきょう》がついたのはいいが、緊張感《きんちょうかん》はたもてよ？　俺《おれ》の身《み》がもたん」

荒井先生《あらいせんせい》がぼやいた。先生《せんせい》は、川《かわ》に落《お》ちたり気《き》を失《うしな》ったりした大翔《ひろと》を、毎回保護回収《まいかいほごかいしゅう》してくれているのだ。

「気《き》をひきしめろ。鬼《おに》ザカナくらいなら追《お》っ払《ぱら》ってやれるが、そろそろそうもいかなくなってきた」

「わかってるよ」

大翔《ひろと》はスタート地点《ちてん》についた。

コースを見《み》て、ふう、と深呼吸《しんこきゅう》する。

アスレチックの序盤《じょばん》コースは、失敗《しっぱい》しても、即命《そくいのち》とりにはならないようにつくられていた。けわしい崖《がけ》や谷《たに》から落《お》ちても、かならず下《した》に池《いけ》や川《かわ》があった。

進《すす》むにつれて……そういうわけでもなくなってくる。じょじょに難易度《なんいど》があがり、危険《きけん》も大《おお》きくなってくる。

『地獄谷《じごくだに》・つり橋《ばし》わたり』

谷《たに》にかけられた、丸太《まるた》のつり橋《ばし》をわたるコースだ。

大翔《ひろと》は、ごくりとつばをのんだ。

下《した》はほとんど川《かわ》だが、真《ま》ん中《なか》あたりに一部《いちぶ》、大《おお》きな岩《いわ》がころがった地帯《ちたい》がある。

……そこに、骸骨《がいこつ》がころがっていた。

「あの岩場《いわば》のうえからだけは落《お》ちるな」

荒井先生《あらいせんせい》が、きびしい口調《くちょう》でいった。

「ぜったい落《お》ちるな。死《し》んでも落《お》ちるな。落《お》ちたら死《し》ぬぞ。わかったな？」

「…………」

落《お》ちたら死《し》ぬから、死《し》んでも落《お》ちるな……それ、どっちにしろ、死《し》んじゃってないか？

「丸太《まるた》はところどころ腐《くさ》っていて危険《きけん》だ。注意《ちゅうい》して進《すす》め」

「わかった」

「橋《はし》をつってる綱《つな》には、手《て》をふれるな。電流《でんりゅう》がとおってる」

「わかった」

「風《かぜ》がふいてきたら、息《いき》を止《と》めること。花畑《はなばたけ》の花粉《かふん》がここまで飛《と》んでくることがある」

「わかった」

「もし川《かわ》に落《お》ちたら、俺《おれ》がいくまでしずかにしてろ。まちがっても、バチャバチャやるなよ。鬼《おに》ザカナが寄《よ》ってくるから」

「わかった」

「よし、いってこい」

大翔《ひろと》はつり橋《ばし》へ足《あし》を踏《ふ》みだした。

何十本《なんじゅっぽん》もの丸太《まるた》が、宙《ちゅう》にぶらぶらならんでいる。

1本《ぽん》1本《ぽん》の丸太《まるた》の両《りょう》はしには、ほそい縄《なわ》がくくりつけられている。それが谷《たに》いっぱいにはりわたされた太《ふと》い綱《つな》に結《むす》ばれて、つり橋《ばし》になっているのだ。

丸太《まるた》と丸太《まるた》のすきまには、なにもない。ずっと下《した》に、川《かわ》が見《み》えるだけだ。

大翔《ひろと》が足《あし》を乗《の》せると、丸太《まるた》はかるくしずみこんだ。

綱《つな》がきしんで、つり橋《ばし》全体《ぜんたい》が、ミシミシといやな音《おと》をたてる。


ミシ……ミシミシッ……ミシッ……


「うう、心臓《しんぞう》に悪《わる》いわ。この音《おと》」

「ヒロト、下《した》、見《み》たらダメだよーっ」

「悠《ゆう》。それ、いわないほうがいいと思《おも》うの……」

ぶらぶらゆれる丸太《まるた》のつり橋《ばし》を、大翔《ひろと》は、たん、たん、と進《すす》んだ。

右足《みぎあし》と左足《ひだりあし》を交互《こうご》に動《うご》かす。丸太《まるた》が前後《ぜんご》にゆれそうになるのを、重心《じゅうしん》をコントロールしてふせぎ、ひょいひょいと進《すす》んでいく。

「大場《おおば》も成果《せいか》がでてきたな。自分《じぶん》の体《からだ》を使《つか》いこなせるようになってきた」

「自分《じぶん》の体《からだ》を使《つか》いこなせるのは、あたりまえなんじゃないの？」

「ちがうぞ、桜井《さくらい》。人間《にんげん》は、自分《じぶん》の体《からだ》に秘《ひ》められた力《ちから》のうち、ふだんは数割程度《すうわりていど》しか使《つか》ってないんだ。使《つか》う必要《ひつよう》がないからな。１００％《パーセント》の力《ちから》がひきだされるのは……命《いのち》の危機《きき》にさらされたときだけだ」

荒井先生《あらいせんせい》は、にやりと笑《わら》った。

「危険《きけん》ととなりあわせでないと得《え》られない、１００％《パーセント》の身体感覚《しんたいかんかく》。このアスレチックは、それをきたえる場所《ばしょ》なんだ。体《からだ》を１００％使《パーセントつか》いこなせれば、子供《こども》だろうと関係《かんけい》ねえ。鬼《おに》とやりあえるようになるはずだ」

大翔《ひろと》は歩《ある》いていく。

丸太《まるた》のつり橋《ばし》のうえを、まるであぶなげなく。

自分《じぶん》の体《からだ》が、自分《じぶん》の体《からだ》ではないみたいにかるかった。いや、いままで自分《じぶん》の体《からだ》ではなかったものが、ようやく自分《じぶん》の体《からだ》になったみたいな。

腐《くさ》った丸太《まるた》を、ひょいっと跳《と》び越《こ》える。

谷《たに》のなかほどにさしかかった。

「よーう、ガキんちょ。楽《たの》しそうじゃん！」


とつぜん、声《こえ》がひびいた。

ハッとして首《くび》をむけると、ウサギのような姿《すがた》の鬼《おに》が、すぐそこにういていた。

背中《せなか》にちょこんと生《は》えた翼《つばさ》を、パタパタと動《うご》かして飛《と》んでいる。

「つ、ツノウサギ!?　おまえ、なんでここに!?」

「キャキャキャ。なんでここにってか。なんでここにっていやあ……これじゃね？」

と、ツノウサギは、パカリと大口《おおぐち》をあけて身《み》をのりだした。

ノコギリのようにギザギザの牙《きば》が、口《くち》のなかにびっしりと生《は》えそろっている。

大翔《ひろと》は反射的《はんしゃてき》に、上体《じょうたい》をそらした。

それで、バランスを崩《くず》した。

「うわっ！」

完璧《かんぺき》につかんでいた体《からだ》のバランスが、あっという間《ま》に崩《くず》れさる。

足《あし》の下《した》で、丸太《まるた》が大《おお》きくゆれた。右足《みぎあし》をかけた丸太《まるた》が前《まえ》へ、左足《ひだりあし》をかけた丸太《まるた》がうしろへ。

大翔《ひろと》はあわてて、下半身《かはんしん》に力《ちから》をこめる。バランスをとり、丸太《まるた》をもどす。

「おもしろそうな遊《あそ》びしてんじゃん。落《お》ちたらダメなの？　どれどれ」

と、ツノウサギが丸太《まるた》にぽーんと着地《ちゃくち》した。いきおいよく。

つり橋《ばし》がミシミシゆれた。大翔《ひろと》は、わっ、と、またバランスを崩《くず》した。

「キャキャキャ！　これおもしろーい！」

ツノウサギは、その場《ば》でトランポリンみたいにぴょんぴょん跳《は》ねはじめた。

「くっ……くそっ……！　や、やめろっ……！」

グラグラゆれるつり橋《ばし》にふりまわされながら、大翔《ひろと》は必死《ひっし》に全身《ぜんしん》のバランスをとった。

前《まえ》かがみになり、すぐにうしろへ背《せ》をそらし、右足《みぎあし》と左足《ひだりあし》にバラバラに体重《たいじゅう》をかける。

コントロールをミスったら、真《ま》っ逆《さか》さまに下《した》の岩場《いわば》にたたきつけられる。

「く、くそおっ……！」

「ヒロト！」

「大翔《ひろと》っ！」

「いくな！　つり橋《ばし》が落《お》ちる！」

悠《ゆう》と葵《あおい》が飛《と》びだしかけるのを、荒井先生《あらいせんせい》が制《せい》した。つり橋《ばし》の綱《つな》はたよりなく、何人《なんにん》もの体重《たいじゅう》をささえるのは無理《むり》なのだ。

「キャキャキャ。あー、おもしろ。たまにはこういう遊《あそ》びもいいもんだな」

ツノウサギは、ようやくジャンプをやめた。

「今日《きょう》はな、おつかいにきたんだよ。手紙《てがみ》とどけにきたんだ。鬼《おに》の郵便屋《ゆうびんや》さんってやつだ」

と、肩《かた》にさげたカバンから、ごそごそと封筒《ふうとう》をとりだした。便箋《びんせん》を抜《ぬ》きだしてひろげる。

「章吾《しょうご》からだ」

「章吾《しょうご》？　章吾《しょうご》、おまえと一緒《いっしょ》にいんのか？」

「そうだ。読《よ》んでやろう。

『大翔《ひろと》たちへ。ツノウサギにこの手紙《てがみ》をあずける。おれは無事《ぶじ》だ。ケガも病気《びょうき》もしてない。丁重《ていちょう》にもてなされてるよ。心配無用《しんぱいむよう》だ。』キャキャキャキャ。——隙《すき》あり」

「うわあああっ！」

ツノウサギがジャンプした。油断《ゆだん》していた大翔《ひろと》は、こんどこそ完全《かんぜん》にバランスを崩《くず》した。

足《あし》が丸太《まるた》をはなれ、宙《ちゅう》に投《な》げだされる。

あわてて手《て》をのばし、丸太《まるた》をつかんだ。

ぶらぶらとゆれる丸太《まるた》に、両手《りょうて》でしがみつく。

「ぐっ……う……」

「はいはい、だいじょうぶ？　つづき読《よ》みますよ？

『おれはおれの力《ちから》で、黒鬼《くろおに》と片《かた》をつけるつもりだ。だからおまえらは、首《くび》をつっこむんじゃねえぞ。くれぐれも、鬼《おに》に目《め》をつけられるようなことはするなよ。そんだけだ。じゃあな。

追伸《ついしん》：いちおうツノウサギにも、油断《ゆだん》すんじゃねえぞ。あんなやつだが、腐《くさ》っても鬼《おに》だからな。』

……だって。腐《くさ》ってないのにね」

ツノウサギは翼《つばさ》をすくめると、便箋《びんせん》を折《お》りたたんだ。

「はい、お手紙《てがみ》」

丸太《まるた》にしがみついた大翔《ひろと》の鼻先《はなさき》に、ひょいと封筒《ふうとう》をさしだした。

「しょ、章吾《しょうご》は……」

腕《うで》に力《ちから》をこめて体《からだ》をささえながら、大翔《ひろと》はツノウサギをにらみあげた。

「章吾《しょうご》は、どこにいんだよ……？」

「キャキャキャ。こたえはこうだよ。あっかんべー」

ツノウサギは、べえ、と長《なが》い舌《した》をだすと、ダンスするようにつり橋《ばし》をゆらした。大翔《ひろと》の体《からだ》は、ぶらぶらとゆれた。

「もういいじゃん。こんな修業《しゅぎょう》、したってムダムダ。だってもうすぐ章吾《しょうご》は、おまえらのことなんて忘《わす》れちまうんだから」

「……どういうことだ」

「黒鬼《くろおに》のやつは章吾《しょうご》に、どんどん鬼《おに》の体《からだ》をわけ与《あた》えていくつもりなんだ。鬼《おに》の体《からだ》を得《え》た人《にん》間《げん》が、心《こころ》だけ人間《にんげん》のままでいられると思《おも》うか？」

ツノウサギは翼《つばさ》をすくめた。

「まだ章吾《しょうご》の心《こころ》は人《ひと》のままだ。でも体《からだ》がより鬼《おに》に近《ちか》くなっていけば、心《こころ》も人《ひと》ではなくなっ

ていく。人《ひと》だったときの記憶《きおく》は薄《うす》れ、価値観《かちかん》が変《か》わり……正真正銘《しょうしんしょうめい》、立派《りっぱ》な鬼《おに》になる。おまえらのことなんて、忘《わす》れちまうのさ」

（お、おれがもたもたしてるあいだに、章吾《しょうご》は……）


大翔《ひろと》は、ぎりっ、と歯《は》を食《く》いしばった。

丸太《まるた》をにぎった手《て》の指《ゆび》が、白《しろ》くなっていく。腕《うで》がしびれてくる。

「オレ様《さま》はべつに、やつが人《ひと》だろうと鬼《おに》になろうと、どうでもいいけどね。キャキャキャキャ。……うまい肉《にく》が喰《く》えれば、さ」

ツノウサギは、丸太《まるた》にしがみついた大翔《ひろと》を見《み》おろし、ペロリと舌《した》なめずりをした。

「キャキャキャキャ。おまえも章吾《しょうご》も、オレ様《さま》をあまくみすぎ。手紙《てがみ》をわたしてくれとはいわれたけど、喰《く》わないでくれとはいわれてない。目《め》の前《まえ》にエサがいて動《うご》けない――こんなチャンスを見逃《みのが》すほど、オレ様《さま》もスウィートな鬼《おに》じゃねえのよ。しっかり、いただきましょう」

「ぐ、ぐうう……」

「おいしくいただいてやるぜ！　いっただきまーす！」

ツノウサギは、大翔《ひろと》のほうへ、ぴょこんと丸太《まるた》を1本《ぽん》、飛《と》び移《うつ》った。

——バキッ

腐《くさ》った丸太《まるた》を踏《ふ》み抜《ぬ》いた。

「落《お》ちるうーっ！」

ぽーんと宙《ちゅう》にほうりだされた。

「なんちゃって！　落《お》ちるわけねーだろ！　飛《と》べるからな！」

パタパタと翼《つばさ》をはためかせ、舞《ま》いもどってきた。

「くそ、古《ふる》い設備《せつび》だな。丸太《まるた》はあぶねー。こっちにしよう」

つり橋《ばし》をわたす綱《つな》に、ピョコンと飛《と》び乗《の》った。

――バリバリバリッ！

「電流《でんりゅう》があ！」

毛《け》を逆《さか》だたせて、ぽーんと宙《ちゅう》にほうりだされた。

「だから！　翼《つばさ》があるのに！　落《お》ちるわけねーだろ！」

パタパタと翼《つばさ》をはためかせ、舞《ま》いもどってきた。

「往生際《おうじょうぎわ》の悪《わる》いやつだな。こんどはもう、おりねーからな？　落《お》ちる要素《ようそ》ねーからな？

キャキャキャキャキャキャ！」

大口《おおぐち》をあけて笑《わら》った。そのとき、東《ひがし》のほうから風《かぜ》がふいてきた。

「……あ、なんか急《きゅう》に、眠気《ねむけ》が……ZZZ……」

花粉《かふん》をすいこんで、ぽーんと宙《ちゅう》にほうりだされた。

ガツンと岩《いわ》にぶつかって、川《かわ》へ落下《らっか》。

「見《み》よ、このおよぎを！」

すぐに顔《かお》をだした。

「すぐもどるから、ちょっと待《ま》ってろよ！」

バチャバチャバチャ！　バチャバチャバチャ！　うるさくおよぎはじめた。

「って、なんかくるんですけど！　なんか超《ちょう》サカナくるんですけど！　おいくるな！　こないでええっ！」

群《む》らがってきた大量《たいりょう》の鬼《おに》ザカナに、そのままバシャバシャとおよいで逃《に》げていった。

「アイル・ビィ――・バ―――ック！」

腕《うで》に力《ちから》をこめて、大翔《ひろと》は丸太《まるた》のうえへよじのぼった。

風《かぜ》がやむと、止《と》めていた息《いき》を吐《は》きだす。丸太《まるた》のうえにたち、バランスをとった。

遠《とお》ざかっていくツノウサギを見送《みおく》り、息《いき》をついた。

「……あいつ、芸人《げいにん》でも目指《めざ》してんのかな……」

4　焦《あせ》りと覚《かく》悟《ご》

1

日々《ひび》は、風《かぜ》のようにすぎていった。

雨《あめ》の日《ひ》も、風《かぜ》の日《ひ》も、大翔《ひろと》たちは一日《いちにち》も休《やす》まず、修業《しゅぎょう》をつづけた。

木枯《こが》らしがふきすさぶようになった。地獄《じごく》アスレチックは、のこり半分《はんぶん》になった。

「すげえじゃん！　大翔《ひろと》。また速《はや》くなったな！」

体育《たいいく》の授業《じゅぎょう》、１００メートル走《そう》。

記録《きろく》をまた更新《こうしん》した大翔《ひろと》に、クラスメイトたちが寄《よ》ってきてさわぎたてた。

「このごろのおまえののび、すげえなって、みんなでうわさしてたんだ！」

「俺《おれ》らも、負《ま》けてらんねーな！」

「……べつに、ぜんぜんすごくねえよ。こんなの」

大翔《ひろと》は、にべもなくいった。

「体育《たいいく》の授業《じゅぎょう》なんて、ただの遊《あそ》びだろ」

「……ただの遊《あそ》び、って、そんないいかたすんなよ」

「そうだよ。みんな、一生懸命《いっしょうけんめい》やってんだからさ」

「おまえだって、前《まえ》はよく、競走《きょうそう》してたじゃん」

「遊《あそ》びは遊《あそ》びだろ。一生懸命《いっしょうけんめい》ったたって、たかがしれてる。そんなぬるいことしてたって、意味《いみ》ないんだ」

大翔《ひろと》は、ぎゅうっ……と拳《こぶし》をにぎりしめた。

「もっと、死《し》ぬ気《き》でやらなきゃ」

「……おまえ、このごろ、変《か》わったよな」

「なにが？」

「……いいよ。なんでもねえよ」

「大翔《ひろと》は1人《ひとり》で、やってればいいだろ」

「俺《おれ》らの一生懸命《いっしょうけんめい》の努力《どりょく》なんて、意味《いみ》ないですよ、はい」

しらけたようにいって、去《さ》っていく。

大翔《ひろと》は首《くび》をかしげた。

なにがいいたいんだろう？　体育《たいいく》の授業《じゅぎょう》なんて、修業《しゅぎょう》にくらべればお遊《あそ》びなのに。


大翔《ひろと》はもくもくと修業《しゅぎょう》をつづけた。

その日《ひ》も、つぎの日《ひ》も、そのつぎの日《ひ》も。

アスレチックを、またいくつかクリアした。

気《き》づけば、体育《たいいく》の時間《じかん》に大翔《ひろと》に挑戦《ちょうせん》してくるやつは、だれもいなくなっていた。

＊

（……はやく授業《じゅぎょう》、終《お》わらないかな……）

落《お》ち葉《ば》が舞《ま》い散《ち》る季節《きせつ》になった。

その日《ひ》も、大翔《ひろと》は授業《じゅぎょう》を聞《き》き流《なが》しながら、修業《しゅぎょう》のことばかり考《かんが》えていた。

このごろ大翔《ひろと》は、学校《がっこう》にいる時間《じかん》が、ムダに思《おも》えてならない。

最後《さいご》から2つめのコースが、なかなかクリアできないのだ。もう何日間《なんにちかん》も、そこで足止《あしど》めをくらっている。

はやくクリアしたい。はやく修業《しゅぎょう》を終《お》えたい。

学校《がっこう》にいる時間《じかん》も修業《しゅぎょう》できれば、それができるのに。

「学校《がっこう》を休《やす》んで修業《しゅぎょう》したいだあ？　バカなことというな」

「学校行《がっこうい》ってるヒマなんてないんだ、先生《せんせい》。時間《じかん》のムダだよ」

「よし、校長先生《こうちょうせんせい》っぽくいってやろう。大場《おおば》くん、学校《がっこう》の生活《せいかつ》というのはですね。勉強《べんきょう》だけでなく、友達《ともだち》と一緒《いっしょ》にすごすことで……」

「先生《せんせい》、ふざけないでくれよ！」

「ふざけてんのはおまえだろ！　スケジュールできめた時間以外《じかんいがい》は、修業《しゅぎょう》したらダメ！」

ぜったい、修練場《しゅうれんじょう》にはいれないからな、と荒井先生《あらいせんせい》は肩《かた》をいからせた。

わからずや。

大翔《ひろと》はいらいらした。

もっとはやく。できるかぎりはやく。修業《しゅぎょう》を終《お》わらせなくちゃいけないのに。

いらいらする大翔《ひろと》を、悠《ゆう》がちらりと心配《しんぱい》そうに見《み》た。


ようやく帰《かえ》りの会《かい》が終《お》わり、大翔《ひろと》は廊下《ろうか》へ飛《と》びだして悠《ゆう》と葵《あおい》を待《ま》った。

2人《ふたり》は、なかなかでてこない。

(なにやってんだよ。はやくいきたいのに……)

教室《きょうしつ》をのぞくと、悠《ゆう》はせっせと黒板《こくばん》に黒板消《こくばんけ》しをかけていた。なんだか、顔《かお》が赤《あか》いみたいだ。

葵《あおい》は教室《きょうしつ》のすみで、机《つくえ》のうえにノートをひろげ、友達《ともだち》と話《はな》しこんで笑《わら》っている。

大翔《ひろと》は腹《はら》がたった。

「おい、2人《ふたり》とも、はやくしろよ！　悠《ゆう》、なにしてんだよ！　葵《あおい》も、いつまで話《はな》してるんだよ！」

「ご、ごめん、ヒロト！　すぐいくよ！」

悠《ゆう》があせあせとこたえて、いそいで黒板《こくばん》を拭《ふ》く。

「ごめんね、葵《あおい》ちゃん。いそがしいよね。またにする……」

葵《あおい》と話《はな》していた女《おんな》の子《こ》が、申《もう》し訳《わけ》なさそうにぺこぺこ頭《あたま》をさげる。大翔《ひろと》のほうをちらっとうかがうと、逃《に》げるようにいってしまった。

「……ちょっと大翔《ひろと》。ああいういいかたはないと思《おも》うわ」

荷物《にもつ》をまとめて廊下《ろうか》へでてきた葵《あおい》は、そういってじろりと大翔《ひろと》をにらんだ。

「ちょっと勉強《べんきょう》を教《おし》えてあげてただけじゃない。あたしにだって、人付《ひとづ》きあいがあるのよ」

「ごめんごめんーっ！」

黒板消《こくばんけ》しを片《かた》づけた悠《ゆう》が、あせあせと教室《きょうしつ》を飛《と》びだしてきた。

なんだか、足《あし》がふらついている。

「なにやってたんだよ、悠《ゆう》。おそいぜ」

「ごめんね……」

「あやまる必要《ひつよう》ないでしょ、悠《ゆう》。日直《にっちょく》の仕事《しごと》、やってただけなんだから」

「……日直《にっちょく》？」

「気《き》づいてなかったの？　となりの席《せき》なのに。悠《ゆう》、朝《あさ》からずっと、働《はたら》いてたじゃないの」

葵《あおい》があきれたようにいった。そういえば、そうだった気《き》がする。修業《しゅぎょう》のことを考《かんが》えていて、目《め》にはいってなかったみたいだ。

「一生懸命《いっしょうけんめい》なのはいいことだけど、もうちょっとまわりを見《み》てほしいわね」

葵《あおい》がため息《いき》をついた。

「それで、大翔《ひろと》。今日《きょう》の修業《しゅぎょう》のことだけどね。今朝《けさ》から悠《ゆう》が――」

「だいじょうぶだよ。さ、裏山《うらやま》へいこうよ」

いいかけた葵《あおい》の言葉《ことば》を、悠《ゆう》がニコッとさえぎった。

「ちょっと、悠《ゆう》……」

「いいの、アオイ。今日《きょう》はいよいよ『鬼祓《おにばら》いの秘技《ひぎ》』をやってみようって、先生《せんせい》いってたもんね」

「おう、ついにここまできたよな！」

「楽《たの》しみだよね――」

いいかけて、悠《ゆう》は、ケホッと咳《せき》をした。

ケホッ、ケホッ、とせきこんで、苦《くる》しげに体《からだ》を折《お》りまげている。

「なんだよ、悠《ゆう》。むせたか？　さあ、今日《きょう》も気合《きあ》いいれてくぜっ！」

大翔《ひろと》はいうと、たたっと廊下《ろうか》をかけだしていった。

「……ほんとにだいじょうぶなの？　悠《ゆう》」

「うん。心配《しんぱい》しないで」

なにかいいたそうにしている葵《あおい》に、悠《ゆう》は笑《わら》って首《くび》をふった。

「ヒロトの足《あし》、ひっぱりたくないんだ」

＊

校門《こうもん》をでて、３人《にん》で裏山《うらやま》までダッシュした。

何百段《なんびゃくだん》もある石段《いしだん》を、一気《いっき》にかけあがっていく。

「ま、待《ま》ってよう、ヒロトぉ……！　ちょっと休憩《きゅうけい》しようよう……！　ケホッ」

「はやくしろよ、2人《ふたり》とも！　先《さき》いってるぜ！」

息《いき》も絶《た》え絶《だ》えな2人《ふたり》にかまわず、大翔《ひろと》は山《やま》をかけあがっていった。大翔《ひろと》にはもう、こんな石段《いしだん》、なんでもない。

荒井先生《あらいせんせい》は、すでに拝殿《はいでん》の前《まえ》で待《ま》っていた。印刷《いんさつ》したプリントを見《み》かえしている。

「大場《おおば》だけか？　桜井《さくらい》と宮原《みやはら》はどうした？」

1人《ひとり》でかけあがってきた大翔《ひろと》を見《み》て、先生《せんせい》はひょいとまゆをあげた。

「あとからくるよ。それより先生《せんせい》、鬼祓《おにばら》いの秘技《ひぎ》、はやく教《おし》えてくれよ」

「ふっふっふ。そう急《せ》くな。こういうのは、もったいぶってやるのがいいんだ……」

にやにやと笑《わら》う荒井先生《あらいせんせい》のわきには、白《しろ》い紙束《かみたば》と筆《ふで》ペンがおかれている。紙束《かみたば》は、まるで七夕《たなばた》の短冊《たんざく》みたいだ。いったい、なんだろう？

だいぶおくれて、悠《ゆう》と葵《あおい》がかけあがってきた。

「ま……待《ま》ってって、いったのに……」

「さ、さすがに、これだけかけあがるのは、きっついわ……」

2人《ふたり》とも、ぜえぜえと息《いき》をきらして、鳥居《とりい》のわきにへたりこんでしまう。

悠《ゆう》は顔《かお》を真《ま》っ赤《か》にして、口《くち》もとを押《お》さえてケホケホとせきこんでいる。

「…………」

荒井先生《あらいせんせい》は、プリントをめくっていた手《て》を止《と》めた。

せきこむ悠《ゆう》をじっとみつめて、ぱちぱちとまばたきする。

それから、大翔《ひろと》へ目《め》をうつした。

「どうしたんだ？　先生《せんせい》。じっとみつめて」

大翔《ひろと》はきょとんとした。

じいっとみつめてくる先生《せんせい》を見《み》かえし……拳《こぶし》をかためて身《み》をのりだした。

「さあ、先生《せんせい》！　鬼祓《おにばら》いの秘技《ひぎ》、教《おし》えてくれよ！」

「…………」

荒井先生《あらいせんせい》は、しばらく大翔《ひろと》をみつめていた。

それから、ふう、とため息《いき》をついた。

「やっぱり、今日《きょう》はナシ」

「へ？」

「今日《きょう》は鬼祓《おにばら》いの秘技《ひぎ》、ナシ。延期《えんき》」

大翔《ひろと》は、ぱちぱちと目《め》をまたたいた。

「先生《せんせい》、このごろ冗談《じょうだん》多《おお》いぜ」

「俺《おれ》は冗談《じょうだん》はいわん」

「そういうのいいからさ。はやくやろうよ。約束《やくそく》したろ？」

「約束《やくそく》したが、おまえらの顔《かお》見《み》たら気《き》が変《か》わった。今日《きょう》はナシ」

「ちょっと、先生《せんせい》――」

「大場《おおば》よ。1つ質問《しつもん》だ」

文句《もんく》をいおうと身《み》をのりだした大翔《ひろと》のひたいに。

荒井先生《あらいせんせい》は、ピタリと指《ゆび》をおいた。

「桜井《さくらい》を見《み》て、なにかいうことはないか？　こたえてみろ。こたえによっちゃ、約束《やくそく》どおり、鬼祓《おにばら》いの秘技《ひぎ》だろうとなんだろうと教《おし》えてやる」

大翔《ひろと》は、目《め》をぱちぱちさせて、鳥居《とりい》のほうへ首《くび》をむけた。

悠《ゆう》はへたりこんだまま、苦《くる》しげにぜえぜえと息《いき》をついている。

「……石段《いしだん》、走《はし》ってきたから。そりゃ、へばってるけどさ……」

大翔《ひろと》は身《み》をのりだした。

「すぐ元気《げんき》になるよ。いつもそうじゃんか。——な？　悠《ゆう》」

「うん、だいじょう——」

こたえかけて、悠《ゆう》は息《いき》をつまらせた。

背中《せなか》をまるめて、はげしくせきこんでいる。葵《あおい》が、心配《しんぱい》そうに悠《ゆう》の背《せ》をさすった。

「どうしたんだ？　悠《ゆう》？」

大翔《ひろと》はきょとんとした。荒井先生《あらいせんせい》がため息《いき》をついた。

「桜井《さくらい》、何度《なんど》あるんだ？」

「…………」

「つめたいリンゴジュースと、あたたかいホットミルク、どっちがいい？」

「……ホットミルク」

荒井先生《あらいせんせい》はリュックサックから水筒《すいとう》をとりだすと、湯気《ゆげ》のたつミルクをカップに注《そそ》いだ。

それから、プラスチックケースをとりだした。フタに赤《あか》い十字《じゅうじ》が描《えが》かれた……救急箱《きゅうきゅうばこ》だ。なかから体温計《たいおんけい》をとりだした。

「桜井《さくらい》、体温《たいおん》を測《はか》って、数値《すうち》をいえ。ごまかすなよ。正直《しょうじき》にいわないと、今後《こんご》一切《いっさい》、修業《しゅぎょう》は受《う》けさせん」

きびしい口調《くちょう》で、悠《ゆう》をにらんだ。

悠《ゆう》は観念《かんねん》したように体温計《たいおんけい》を受《う》けとり、口《くち》にくわえた。

「……38・8℃……」

測《はか》った数値《すうち》を読《よ》みあげると、力《ちから》が抜《ぬ》けたように笑《わら》った。

パタン、とたおれこむのを、先生《せんせい》がかかえる。

「やれやれだ。やせ我慢《がまん》もここまでいくと上等《じょうとう》だ」

「えへへ、バレちゃった……。かくしとおせるって、思《おも》ってたんだけど……」

「大人《おとな》をなめるなよ」

「……風邪《かぜ》ひいてたのかよ、悠《ゆう》。いつからだよ？」

「昨日《きのう》の夜《よる》う……。すぐ治《なお》ると、思《おも》ってたんだけど……。ごめんね、ヒロト」

昨日《きのう》の夜《よる》から？　ずっと学校《がっこう》でそばにいたのに、ぜんぜん、気《き》づかなかった。

荒井先生《あらいせんせい》はため息《いき》をついた。

「まあいい。今日《きょう》は休《やす》みだ。３人《にん》とも帰《かえ》れ。桜井《さくらい》、安静《あんせい》にしろよ」

「はあい……」

「先生《せんせい》、おれの修業《しゅぎょう》は……？」

大翔《ひろと》がきくと、荒井先生《あらいせんせい》はムッと大翔《ひろと》をにらんだ。

「おい、大場《おおば》。この状態《じょうたい》の桜井《さくらい》を、１人《ひとり》で帰《かえ》す気《き》か」

「葵《あおい》がいるだろ？　おれはやれるよ。はやくあのコース、クリアしたいんだ」

「だめだ。今日《きょう》から１週間《しゅうかん》、修業《しゅぎょう》はナシだ。全員休《ぜんいんやす》み」

「……え？　１週間《しゅうかん》？　なんでそんなに」

大翔《ひろと》はぽかんとした。

「治《なお》ったら再開《さいかい》でいいだろ。風邪《かぜ》なんて、もっとはやく治《なお》るよ」

「だめだ。ちょっと修業《しゅぎょう》をいそいでやりすぎた。おまえら、つかれがたまってるんだ。そういうときに無理《むり》やりやっても逆効果《ぎゃくこうか》。しっかり休《やす》んで、はやめに治《なお》ったら、３人《にん》で遊《あそ》び

にでもいってこい」

「なにいってんだよ、先生《せんせい》！　おれ、休《やす》みなんていらないよ！」

「おまえが一番休《いちばんやす》めといっているんだ！　すこし頭《あたま》を冷《ひ》やせ！」

思《おも》わずいいかえそうとして……大翔《ひろと》はひるんだ。

にらみつける先生《せんせい》の目《め》が、怒《おこ》っていなかったからだ。

なんだか……悲《かな》しそうに見《み》えた。

「大場《おおば》。おまえ、桜井《さくらい》の親友《しんゆう》だろう？　親友《しんゆう》のこの状態《じょうたい》に、なぜ気《き》づかなかったんだ？」

「…………」

「桜井《さくらい》が風邪《かぜ》のことをいいださなかったのは、おまえを気遣《きづか》ったからだ。おまえが焦《あせ》るから、ついていこうと無理《むり》してこじらせた。なのに、おまえの頭《あたま》はまだ修業《しゅぎょう》のことだけだ」

「……おれは、ただ……」

大翔《ひろと》はうつむいた。

「大場《おおば》。おまえはたしかに、自分《じぶん》の体《からだ》を使《つか》いこなせるようになってきた。俺《おれ》から見《み》ても、成長《せいちょう》めざましい。でも、１つ大事《だいじ》なことを忘《わす》れてる。この修業《しゅぎょう》は、おまえだけでやってるんじゃない。３人《にん》でやってるんだ」

「…………」

「それがわかるまで、修業《しゅぎょう》はなしだ。すこし考《かんが》えろ」

荒井先生《あらいせんせい》はきびしい口調《くちょう》でいうと、もうなにもこたえてくれなかった。

2

「……ほんとにごめんね。ヒロト、アオイ。ぼくが風邪《かぜ》なんてひいたから……」

「いいのよ。荒井先生《あらいせんせい》、機嫌《きげん》そこねると頑固《がんこ》なんだから」

３日後《かご》。

桜ヶ島《さくらがじま》ショッピングモールのフードコート。

葵《あおい》はケータイをテーブルにおいた。

『悠《ゆう》の風邪《かぜ》なおったけど、まだ修業《しゅぎょう》しちゃいけない？』

メッセージを送《おく》っているのだけど、手《て》を×《バツ》にした顔文字《かおもじ》スタンプが返《かえ》ってくるだけだ。

葵《あおい》は肩《かた》をすくめた。

「とりつく島《しま》もなしね。しばらくお休《やす》みにするしかなさそう」

「でも、休日《きゅうじつ》ひさしぶりで、ちょっとうれしいよね」

「ショッピングモールには、いい思《おも》い出《で》がないんだけどなあ……」

悠《ゆう》がジュースをすすり、葵《あおい》がポテトを食《た》べながらぼやく。

休日《きゅうじつ》のショッピングモールは、人《ひと》でごったがえしている。

「……なあ」

ずっとだまりこくっていた大翔《ひろと》は、ぽつりと口《くち》をひらいた。

「先生《せんせい》がいなくても、修業《しゅぎょう》しちゃえばいいんだよな……？」

「そんなこといってると、また怒《おこ》られるわよ」

葵《あおい》がため息《いき》をついた。

「優等生《ゆうとうせい》の葵《あおい》ちゃんのいうことを聞《き》きなさい。こういうときは、いわれたとおりにしとくのが一番《いちばん》。すぐに先生《せんせい》も機嫌《きげん》なおすから」

「せっかくだから、映画観《えいがみ》てこうよ。おみやげになにか買《か》ってけば、先生《せんせい》よろこぶかも」

葵《あおい》がハンバーガーを食《た》べながらぶつぶついい、悠《ゆう》がニコニコ笑《わら》って映画《えいが》のパンフレットをめくった。

「……2人《ふたり》とも、なんでそんな、平気《へいき》でいられるんだよ……」

大翔《ひろと》は、低《ひく》い声《こえ》でいった。

「おれたちがこうしてるあいだにも、章吾《しょうご》のやつ、鬼《おに》になっちまってるかもしんねえのに……」

ツノウサギの言葉《ことば》が、ずっとひっかかっている。

『**体《からだ》がより鬼《おに》に近《ちか》くなっていけば、心《こころ》も人《ひと》ではなくなっていく。人《ひと》だったときの記憶《きおく》は薄《うす》れ、価値観《かちかん》が変《か》わり……正真正銘《しょうしんしょうめい》、立派《りっぱ》な鬼《おに》になる。おまえらのことなんて、忘《わす》れちまうのさ**』

「はやく……しなくちゃいけないのに……」

大翔《ひろと》は、ぎゅううっ、と拳《こぶし》をにぎりしめた。

「平気《へいき》なわけじゃないわ。気《き》になるわよ。あたりまえじゃない」

葵《あおい》がこたえた。

「でも、ジタバタしてもしかたないでしょ。適度《てきど》な休息《きゅうそく》をはさんだほうが、なにごとも能率《のうりつ》があがるっていうのは本当《ほんとう》よ。先生《せんせい》が休《やす》んだほうがいいと判断《はんだん》したなら、いまは休《やす》んだほうがいい」

「ぼくも、金谷《かなや》くんのこと、すごく心配《しんぱい》だよ……」

悠《ゆう》が力《ちから》なくいった。

「でも、こんなときだからこそ、いつもどおりにしなくちゃとも思《おも》うんだ。ぼくらがふだんの生活《せいかつ》してないと、金谷《かなや》くん、もどりづらいと思《おも》うし……」

「……2人《ふたり》のいうこと、ぜんぜんわかんないよ」

大翔《ひろと》はペーパーナプキンをくしゃくしゃに丸《まる》めると、たちあがった。

「ヒロト、どこいくの？」

「…………」

「ちょっと。先生《せんせい》にダメっていわれたでしょ？」

「知《し》らないよ」

「ヒロト！　なに怒《おこ》ってるのさ！」

大翔《ひろと》はカバンをつかむと、２人《ふたり》をふりきってその場《ば》をはなれた。

人《ひと》でにぎわうショッピングモールをでると、裏山《うらやま》へむけて全力《ぜんりょく》で走《はし》った。

なんだか腹《はら》がたっていた。

先生《せんせい》に対《たい》してじゃない。悠《ゆう》と葵《あおい》に対《たい》してでもない。自分《じぶん》に対《たい》してだ。

わかってたんだ。本当《ほんとう》は。

章吾《しょうご》に追《お》いつくために、なにが必要《ひつよう》かってこと。わかってて、考《かんが》えないようにしていた。

大翔《ひろと》は、覚悟《かくご》がたりなかった。

章吾《しょうご》は、覚悟《かくご》していた。学校《がっこう》での生活《せいかつ》とか、友達《ともだち》とか……そういうもの、全部《ぜんぶ》捨《す》てていった。そうしなくちゃお母《かあ》さんを守《まも》れないって、わかってたからだ。

かたや大翔《ひろと》は毎日学校《まいにちがっこう》で何時間《なんじかん》も費《つい》やし、友達《ともだち》とあわせれば自然《しぜん》と修業《しゅぎょう》のペースは落《お》ちる。そんなことじゃ、章吾《しょうご》に追《お》いつけない。

覚悟《かくご》が必要《ひつよう》だ。章吾《しょうご》がしたのと、同《おな》じ覚悟《かくご》が。

悠《ゆう》と葵《あおい》が、わかってくれないなら……。
友《とも》達《だち》なんて、もうたよらない。

5 最終試練《さいしゅうしれん》

1

西《にし》の空《そら》に太陽《たいよう》が落《お》ち、修練場《しゅうれんじょう》は薄闇《うすやみ》におおわれていった。
たたんっ、と靴音《くつおと》がひびく。
丸太《まるた》のぶつかりあう音《おと》。
綱《つな》のきしむ音《おと》。
気合《きあ》いのこもった掛《か》け声《ごえ》に、鈴《すず》の鳴《な》る音《おと》がかさなった。
「つしゃあ！　クリアっ！」

大翔《ひろと》はしっかり地面《じめん》に着地《ちゃくち》すると、ガッツポーズをとった。

「へヘッ。ずっとてこずってたのに、あっさりクリアできた。調子《ちょうし》いいぞ！」

満足《まんぞく》げに鼻《はな》から息《いき》をつき、ストレッチをして体《からだ》をほぐす。

「……先生《せんせい》も、つめがあまいんだよな」

いま、修練場《しゅうれんじょう》には、大翔《ひろと》1人《ひとり》だ。

人払《ひとばら》いの結界《けっかい》があるから、大翔《ひろと》1人《ひとり》じゃなかにはいれない……荒井先生《あらいせんせい》はそう思《おも》っていたみたいだけれど、あまいのだ。

「だって先生《せんせい》が結界《けっかい》とくの、見《み》ててやりかた、覚《おぼ》えちゃったもんね」

大翔《ひろと》はぺろっと舌《した》をだした。

見《み》よう見《み》まねでやってみたら、きちんとはいれた。子供《こども》の学習能力《がくしゅうのうりょく》、あまく見《み》すぎだぜ、先生《せんせい》。

「見《み》てろよ。このまま全部《ぜんぶ》、クリアしてやる」

数日間休《すうじつかんやす》んで体力《たいりょく》がもどったのか、体《からだ》に力《ちから》がみなぎっている。

のこるは1コースだけ。挑戦《ちょうせん》するならいまだ。大翔《ひろと》は、最後《さいご》のアスレチックにむかった。

『地獄谷《じごくだに》・一本丸太《いっぽんまるた》わたり』

最後《さいご》なのに、いままでで一番《いちばん》シンプルなコースだった。

長《なが》い丸太《まるた》のうえを歩《ある》いて、谷《たに》をむこうまでわたるだけだ。

問題《もんだい》は、足場《あしば》の下《した》が、すべてとがった岩場《いわば》だということだろう。1歩《ぽ》でも足《あし》を踏《ふ》みはずせば、真《ま》っ逆《さか》さまに落《お》ちて、全身《ぜんしん》をたたきつけられる。

挑戦《ちょうせん》すれば、結果《けっか》は2択《たく》。

生《い》きてクリアするか、死《し》んで終《お》わるかだ。

「うっし！　いくぜ！」

大翔《ひろと》は、パンッ、と自分《じぶん》のほおをたたいて、気合《きあ》いをいれなおした。ここ一番《いちばん》での度胸《どきょう》の発揮《はっき》のしかたは、なんとなくコツをつかんでいる。

丸太《まるた》のうえに、足《あし》を踏《ふ》みだす。

1歩《ぽ》、2歩《ほ》、3歩《ぽ》……歩《ある》いていく。足《あし》を交互《こうご》に踏《ふ》みだし、手《て》を前後《ぜんご》にふり、地面《じめん》のうえを歩《ある》くのと、なにも変《か》わらない歩調《ほちょう》で。

怖《こわ》くなかった。

下《した》をながめる余裕《よゆう》すらあった。

リラックスしているのに、体《からだ》は集中《しゅうちゅう》している。

ゴールまで、あと5メートル。

――バキッ

「――だと思《おも》った！」

足《あし》の下《した》で丸太《まるた》がへし折《お》れた瞬間《しゅんかん》、大翔《ひろと》はジャンプし、折《お》れた丸太《まるた》の片側《かたがわ》に跳《と》びついた。

丸太《まるた》は、ぶらん、とななめに垂《た》れさがる。大翔《ひろと》はいそいで丸太《まるた》をよじ登《のぼ》った。丸太《まるた》をくくりつけていた麻縄《あさなわ》が、ブチブチッと音《おと》をたててきれていく。

大翔《ひろと》は崖《がけ》のはしに跳《と》び移《うつ》った。

同時《どうじ》に麻縄《あさなわ》が完全《かんぜん》にちぎれた。丸太《まるた》が落下《らっか》していく。

谷底《たにぞこ》に落《お》ちた丸太《まるた》がへし折《お》れる音《おと》を背《せ》に、大翔《ひろと》は崖《がけ》をよじ登《のぼ》った。なんとか地面《じめん》へ這《は》いあがると、胸《むね》をなでおろした。

「……ふう。こんなんばっかしだよな。改修《かいしゅう》が必要《ひつよう》だよ、この修練場《しゅうれんじょう》……」

いまさら心臓《しんぞう》がバクバクいいはじめる。

にやにやと顔《かお》がゆるんだ。

「クリアだよな……。全《ぜん》クリッ！」

谷《たに》のむこうへむけて、元気《げんき》よく拳《こぶし》をふりあげた。

「やったぜ！　先生《せんせい》！　悠《ゆう》！　葵《あおい》………」

……大翔《ひろと》は口《くち》を閉《と》じた。

自分《じぶん》の声《こえ》があたりに反響《はんきょう》し、風《かぜ》にふかれて消《き》えていく。

大翔《ひろと》は力《ちから》なく手《て》をおろした。ぽつりとつぶやいた。

「……そろそろ、帰《かえ》るか」

あたりはもう、真《ま》っ暗《くら》だった。

空《そら》を見《み》あげると、雨雲《あまぐも》がもくもくとひろがりはじめている。

「雨《あめ》、降《ふ》りそうだしな」

大《おお》きく、声《こえ》にだしていう。だれがこたえるわけでもない。

大翔《ひろと》はしょんぼりと肩《かた》をおとして、修練場《しゅうれんじょう》をもどった。

谷《たに》をまわりこんで広場《ひろば》へ抜《ぬ》け、木々《きぎ》の梢《こずえ》の下《した》を足《あし》ばやに歩《ある》いていく。

うれしさは、あっという間《ま》に消《き》えてしまっていた。あんなにクリアしたかったのに。

代《か》わりに、急《きゅう》に心《こころ》ぼそくなってきた。

命《いのち》がけの丸太《まるた》わたりは、ちっとも怖《こわ》くなんてなかったのに。

「……みんなと一緒《いっしょ》に、クリアしたかったな……」

悠《ゆう》や葵《あおい》がいてくれたら、きっとぜんぜんちがった気分《きぶん》だったと思《おも》うのに。


「それにしても……道《みち》、こんなに長《なが》かったっけ……」

歩《ある》きながら、大翔《ひろと》は首《くび》をひねった。

注連縄《しめなわ》をくぐってから、もうずいぶん歩《ある》いているのに、拝殿《はいでん》や小屋《こや》が見《み》えてこないのだ。

夜《よる》の闇《やみ》で、迷《まよ》ったのだろうか。

「あれ……？」

歩《ある》いていく先《さき》に、さっきくぐったはずの注連縄《しめなわ》があらわれた。

「迷《まよ》って、同《おな》じとこにでちまったのか……？」

くぐって、しばらく歩《ある》いていくと……また注連縄《しめなわ》が見《み》えてきた。

「な、なんだよ、これ……っ」

大翔《ひろと》はまた注連縄《しめなわ》をくぐり、走《はし》っていくと……注連縄《しめなわ》のところにたどりついた。

「お、同《おな》じとこ、ぐるぐるまわってる……。見《み》よう見《み》まねでといたから、結界《けっかい》、おかしくなっちまったのか……？」

大翔《ひろと》は、ぼうぜんとつぶやいた。

「……どうしよう。閉《と》じこめられちまった。でられねえ……」

自分《じぶん》の言葉《ことば》に、ぞっとした。

――カサリ

「だ、だれかいるのかっ!?」

物音《ものおと》に、大翔《ひろと》はあわててふりかえった。

「荒井先生《あらいせんせい》？」

返事《へんじ》はない。

「悠《ゆう》？　葵《あおい》？」

返事《へんじ》はない。

「……おい、いたずらはよせよ！　怒《おこ》るぜ！」

あたりに目《め》を凝《こ》らすが、だれの姿《すがた》も見《み》あたらない。

あるのは、牛頭鬼《ごずき》と馬頭鬼《ばずき》の石像《せきぞう》だけだ。

「……あれ？」

すっかり見《み》なれた石像《せきぞう》をなにげなく見《み》あげて……大翔《ひろと》は首《くび》をかしげた。

2体《たい》の石像《せきぞう》の目玉《めだま》の部分《ぶぶん》が、ぼんやりと赤《あか》く光《ひか》っていたからだ。

「目《め》……こんなだったっけ？　暗闇《くらやみ》だと光《ひか》る、石《いし》かなんかか……？」

ぽたり、と、ほおにひとしずく、水滴《すいてき》がこぼれ落《お》ちてきた。

「やべ。雨《あめ》、降《ふ》りだしちまった……」

なにげなく手《て》のひらをさしだすと……ぽたっ、ぽたぽたっ、と、大粒《おおつぶ》のしずくがこぼれ落《お》ちてきた。

……なんか白《しろ》く泡《あわ》だってて汚《きたな》い。

空《そら》を見《み》あげるが、雨《あめ》は降《ふ》っていない。

しずくは……2体《たい》の石像《せきぞう》の口《くち》からでてきているようだ。

閉《と》じた口《くち》のはしからダラダラとあふれ、ボタボタボタッ……と垂《た》れ落《お》ちていく。大翔《ひろと》は口《くち》もとをひきつらせた。

ビシッ！

石像《せきぞう》の表面《ひょうめん》に、ひびわれが生《しょう》じた。

ビシッ！　ビシビシ、ビシビシビシッ……！

これているんじゃない。

表面《ひょうめん》をおおっていた石《いし》が、はがれ落《お》ちているのだ。

「な、なんで、石像《せきぞう》が……」


『☠最終試練《さいしゅうしれん》☠』


大翔《ひろと》の頭《あたま》に、荒井先生《あらいせんせい》の持《も》っていた本《ほん》の記述《きじゅつ》がよぎった。

「こ、これが、最終試練《さいしゅうしれん》ってことかよ……」

大翔《ひろと》は青《あお》ざめ、あとずさった。

封印《ふういん》した鬼《おに》を石像《せきぞう》にして、修練場《しゅうれんじょう》を守《まも》る門番《もんばん》にした――荒井先生《あらいせんせい》はそういっていた。

「こ、コース全部《ぜんぶ》クリアしたら、鬼《おに》の封印《ふういん》がとけるようになってたんだ……」

気《き》づくと、老木《ろうぼく》にはりわたされた注連縄《しめなわ》に、1枚《まい》の紙《かみ》がくくりつけられていた。

『☠最終試練《さいしゅうしれん》の決《き》まりごと☠

汝《なんじ》、修業《しゅぎょう》の成果《せいか》をしめし、鬼《おに》を滅《めっ》すべし。

強《つよ》き者《もの》には、力《ちから》が与《あた》えられん。哀《あわ》れなり。命尽《いのちつ》きるときまで、修羅《しゅら》の戦《たたか》いをつづけよ。

弱《よわ》き者《もの》には、休息《きゅうそく》が与《あた》えられん。幸《さいわ》いなり。鬼《おに》の糧《かて》となり、永遠《えいえん》の安息《あんそく》を得《え》よ。』


「め、めちゃくちゃいいやがって……」

ひらたくいえば、ここで鬼《おに》をたおせないようなやつは、この先《さき》つらいからここで鬼《おに》のエサになっちまったほうが幸《しあわ》せだよ、ってことかよ。

丸太《まるた》わたりなんて、遊《あそ》びもいいところだった。

実戦《じっせん》だ。鬼《おに》をたおして生《い》きるか、喰《く》われて死《し》ぬか。

「や、やってやらあ……。全《ぜん》コースクリアしたんだ。なめんなよ……」

パラパラと石片《せきへん》がはがれ落《お》ちていく。大翔《ひろと》はごくりとつばをのんだ。


グオオオオオオオオオオオオオオオオオオオオオオオオッ!!

牛頭鬼《ごずき》と馬頭鬼《ばずき》があげた咆哮《ほうこう》が、夜《よる》の修練場《しゅうれんじょう》にひびきわたった。

2

大翔《ひろと》は走《はし》りまわった。

牛頭鬼《ごずき》が突進《とっしん》してくる。頭《あたま》とツノを突《つ》きだし、まるきり猛牛《もうぎゅう》だ。あんなの食《く》らったら、地球《ちきゅう》の裏《うら》までふっ飛《と》ばされる。

大翔《ひろと》は、草《くさ》っぱらに飛《と》びこんで逃《のが》れた。牛頭鬼《ごずき》が草木《くさき》をなぎたおしていく。

地面《じめん》に落《お》ちた影《かげ》に気《き》づいて、大翔《ひろと》はあわててゴロゴロと体《からだ》を投《な》げだした。

木《き》のうえから馬頭鬼《ばずき》が飛《と》びかかってきた。もとが馬《うま》だけに、とんでもないジャンプ力《りょく》だ。

にぎった金棒《かなぼう》がふりおろされる。

大翔《ひろと》のすぐわきで、地面《じめん》が凹《へこ》んだ。

ころがりながら、大翔《ひろと》は地面《じめん》に落《お》ちていた石《いし》をつかんだ。跳《と》びすさりながら、ぶん投《な》げる。

ガツン。

あたったが、馬頭鬼《ばずき》はうるさそうに首《くび》をふっただけだ。

やっぱり、弱点《じゃくてん》のツノを狙《ねら》わなくちゃだめだ。それも、できるかぎり強《つよ》い力《ちから》で。


メリッ、メリメリッ……


音《おと》に見《み》やると、牛頭鬼《ごずき》が両手《りょうて》で木《き》をつかみ、力《ちから》まかせにひっこ抜《ぬ》いていた。大翔《ひろと》は口《くち》もとをひきつらせた。

ぶん投《な》げてくる。大翔《ひろと》はあわててふせた。頭《あたま》のうえを木《き》が飛《と》んでいく。

「くそお……っ。めちゃくちゃだぞ、この試《し》練《れん》……っ！」

大翔《ひろと》は走《はし》りだした。

注連縄《しめなわ》をくぐりぬける。すぐにまた注連縄《しめなわ》があらわれた。やっぱり、こいつらをたおさないと、修練場《しゅうれんじょう》からでられないみたいだ。

ボス2匹《ひき》・武器《ぶき》なし・逃《に》げられない。この試《し》練《れん》をつくった人《ひと》に文句《もんく》をいいたい。バラン

ス調整《ちょうせい》、まちがってんだろ。

「泣《な》き言《ごと》いっててもしかたねえか……」

大翔《ひろと》は、ふっと息《いき》をすいこんだ。集中《しゅうちゅう》。１００％《パーセント》の感覚《かんかく》で、体《からだ》を動《うご》かすんだ。

ガサッと頭上《ずじょう》で音《おと》がした。飛《と》びおりてきた馬頭鬼《ばずき》が、金棒《かなぼう》を打《う》ちおろす。

大翔《ひろと》は半身《はんしん》をずらしてよけると、馬頭鬼《ばずき》にむかって跳《と》びかかった。

修業《しゅぎょう》の成果《せいか》は、くそ度胸《どきょう》！

「『地獄鬼《じごくおに》・馬頭鬼《ばずき》たおし』ッ！」


――ガツンッ！


いきおいづけた前《まえ》げりで、馬頭鬼《ばずき》のツノをけりあげる。

馬頭鬼《ばずき》がいななき、金棒《かなぼう》を手放《てばな》した。大翔《ひろと》はたおれかけた金棒《かなぼう》のにぎり手《て》をつかみ、

――ガツンッ！

力《ちから》いっぱい、もう一度《いちど》ツノにたたきつけた。

馬頭鬼《ばずき》はかぼそくいないて、地面《じめん》にたおれた。


グオオオオオオンッ！


牛頭鬼《ごずき》が突進《とっしん》してくる。

大翔《ひろと》は金棒《かなぼう》をつかんだが、重《おも》くて自由《じゆう》にふるうのは無理《むり》だ。ずるずるとひきずり、木《き》の前《まえ》へたてた。

その背《せ》へ、牛頭鬼《ごずき》が突進《とっしん》してくる。

「『地獄鬼《じごくおに》・牛頭鬼《ごずき》たおし』ッ！」

ギリギリまでひきつけてから、横《よこ》っ飛《と》びに跳《と》んだ。

牛頭鬼《ごずき》が猛《もう》スピードで金棒《かなぼう》に突《つ》っこむ。

バキキッ!!

ツノと金棒《かなぼう》と木《き》がぶつかりあって、硬《かた》いものがへし折《お》れる音《おと》がひびいた。

「……へへッ。どうだ！　コースクリア！」

地面《じめん》にたおれた牛頭鬼《ごずき》を見《み》おろし、大翔《ひろと》はガッツポーズをとった。

グオオオオオオンッ！

……牛頭鬼《ごずき》がほえた。

なにごともなかったように起《お》きあがる。

体操《たいそう》でもするように、首《くび》をひねっている。ツノは折《お》れていない。へし折《お》れたのは、木《き》だけだった。

牛頭鬼《ごずき》は金棒《かなぼう》をひろいあげると、大翔《ひろと》にむきなおった。

「そ、そんな……」

大翔《ひろと》はあとずさった。

その背《せ》で、ブルルッと荒《あら》い鼻息《はないき》がした。

大翔《ひろと》はびくっとたちどまり、うしろをふりむいた。

馬頭鬼《ばずき》の赤《あか》い目玉《めだま》が、大翔《ひろと》をじっと見《み》おろしていた。こちらも、なにごともなかったように平然《へいぜん》とたっている。

ボス2匹《ひき》・武器《ぶき》なし・逃《に》げられない。会心《かいしん》の一撃《いちげき》でも、ダメージ0《ゼロ》。

「む、むりだろ、これ……」

牛頭鬼《ごずき》が、金棒《かなぼう》をふりあげた。

大翔《ひろと》はあわてて、横《よこ》っ飛《と》びによけた。

まばたきすると、目《め》の前《まえ》に馬頭鬼《ばずき》がまわりこんでいた。大翔《ひろと》は息《いき》をのんだ。

馬頭鬼《ばずき》はさっきのお返《かえ》しとばかりに、大翔《ひろと》の体《からだ》をけりあげた。大翔《ひろと》はサッカーボールのようにふっ飛《と》んだ。地面《じめん》に何度《なんど》もたたきつけられ、ごろごろと山《やま》の斜面《しゃめん》をころがり落《お》ちて止《と》まった。

しばらく、気《き》を失《うしな》っていた。

２匹《ひき》の鬼《おに》が、斜面《しゃめん》のうえに顔《かお》をだした。大翔《ひろと》をさがし、首《くび》をめぐらせている。

大翔《ひろと》はあわてて起《お》きあがろうとしたが、手足《てあし》がしびれていうことをきかない。あんなに修業《しゅぎょう》したのに、一撃《いちげき》で体《からだ》がぶっこわされたみたいだ。

２匹《ひき》が斜面《しゃめん》をおりてくる。……だめだ。動《うご》けない。

動《うご》けなかったことが、命運《めいうん》をわけた。あわてて逃《に》げだしていたら、すぐに追《お》いつかれてとどめを刺《さ》されていただろう。

鬼《おに》たちはうろうろと歩《ある》きまわるものの……見当《けんとう》はずれのところをさがしている。大翔《ひろと》をみつけられずにいるみたいだ。

大翔《ひろと》はようやく気《き》がついた。いきおいよくころがったせいで、体《からだ》がほとんど落《お》ち葉《ば》にうずもれているのだ。それで、鬼《おに》から見《み》えなくなっているらしい。

（むこうへいってくれ……）

大翔《ひろと》は息《いき》を殺《ころ》し、体《からだ》をこわばらせて、鬼《おに》たちが遠《とお》ざかるのを待《ま》った。

ズシン、ズシン……鬼《おに》たちが、大翔《ひろと》をさがして歩《ある》きまわっている。

草《くさ》を金棒《かなぼう》でなぎ散《ち》らし、木々《きぎ》にたたきつける。

地面《じめん》がゆれる。積《つ》もった落《お》ち葉《ば》が、めりめりと踏《ふ》み潰《つぶ》されていく。
……やがて、ゆっくりと、足音《あしおと》が近《ちか》づいてきた。
大翔《ひろと》はだらだらと冷《ひ》や汗《あせ》を流《なが》した。

ズシン！

大翔《ひろと》のたおれた地面《じめん》のすぐわきに、牛頭鬼《ごずき》の足《あし》がふりおろされた。

ズシン！

馬頭鬼《ばずき》の足《あし》もだ。

グルルルルルッ……

２匹《ひき》は、そこで止《と》まった。

大翔《ひろと》の頭上《ずじょう》で、鬼《おに》たちのうなり声《ごえ》がひびく。ボタボタとよだれが垂《た》れ落《お》ちる。

大翔《ひろと》は落《お》ち葉《ば》の下《した》で、ガクガクと体《からだ》をふるわせていた。もう戦意《せんい》は完全《かんぜん》に喪失《そうしつ》していた。

手足《てあし》の感覚《かんかく》はもどってきていたが、恐怖《きょうふ》で体《からだ》が動《うご》かない。

牛頭鬼《ごずき》が腕《うで》をふりあげる。

ドンッ

……と、馬頭鬼《ばずき》の頭《あたま》をはたいた。

いらだったように鼻息《はないき》をもらす。なぜけったんだ、みつからねえじゃねえか、というように。

馬頭鬼《ばずき》が、なにすんだ、とばかりに牛頭鬼《ごずき》の頭《あたま》をはたきかえす。牛頭鬼《ごずき》がやりかえす。

鬼《おに》たちは大翔《ひろと》の頭上《ずじょう》で、どつきあいをはじめた。

大翔《ひろと》は２匹《ひき》の足下《あしもと》で、全身《ぜんしん》をちぢこまらせた。鬼《おに》たちの足《あし》が、すぐわきの地面《じめん》を何度《なんど》も押《お》しつぶす。

しばらく不毛《ふもう》などつきあいをつづけたあと、あきらめたのか、鬼《おに》たちはようやく去《さ》っていった。

足音《あしおと》が遠《とお》ざかって聞《き》こえなくなり……たっぷり数分《すうふん》待《ま》ってから、大翔《ひろと》は落《お》ち葉《ば》のなかから這《は》いだした。踏《ふ》み潰《つぶ》されなかったのは奇跡《きせき》だった。

「お、鬼《おに》のチームワークなんて、そんなもんだよな……」

遠《とお》くから鬼《おに》たちの咆哮《ほうこう》が聞《き》こえてくる。しつこく、大翔《ひろと》をさがしている。

そのうち、またこちらへもどってくるだろう。いまのうちに、逃《に》げなきゃいけない。

……そう思《おも》うのに、たちあがる気力《きりょく》が、湧《わ》いてこなかった。

大翔《ひろと》は、ぺたんと地面《じめん》に座《すわ》りこんだ。

「……だめだ。どうしようもねえや」

打《う》つ手《て》がない。あんなに修業《しゅぎょう》したのに、結局《けっきょく》、手《て》も足《あし》もでない。

「ちくしょう。がんばったのに。……がんばったのになあ……」

ぽろっ、と涙《なみだ》がほおを伝《つた》った。ぽろぽろぽろぽろ、止《と》まらなくなった。

怖《こわ》いんじゃない。
くやしかった。
必死《ひっし》にがんばったのに、鬼《おに》には勝《か》てない。どうしようもない。
こういうとき、章吾《しょうご》なら、どうしただろう？

——自分1人《じぶんひとり》の力《ちから》で、どうしようもなくなったとき。

あいつは、人《ひと》を捨《す》てることを選《えら》んだんだ。
自分《じぶん》の力《ちから》では死神《しにがみ》にかなわないと知《し》って、人《ひと》の体《からだ》を捨《す》て、鬼《おに》の道《みち》を進《すす》むことを選《えら》んだ。
おれは……。

……ガサッ

草《くさ》がゆれる音《おと》がして、大翔《ひろと》の心臓《しんぞう》は飛《と》び跳《は》ねた。

ガサッ……逆方向《ぎゃくほうこう》からもだ。

大翔《ひろと》は涙《なみだ》をぬぐうと、たちあがった。

ただじゃやられない。最期《さいご》の瞬間《しゅんかん》まで、戦《たたか》い抜《ぬ》いてやる。

ガサガサガサッ……草《くさ》のゆれが近《ちか》づいてくる。

大翔《ひろと》は拳《こぶし》をにぎりしめ、草《くさ》むらへ突進《とっしん》した。

「うっおおおおおおお——」

「ちょっとヒロト！　しずかにしてよう！」

「鬼《おに》がきちゃうでしょ！　うるっさい！」

顔《かお》をだした悠《ゆう》と葵《あおい》に口《くち》をふさがれ、強引《ごういん》に草《くさ》むらにひっぱりこまれた。

3

「なんでまた鬼《おに》とやりあってるの!? バカなんじゃないの!? いつもいつも!」

「ぼく、前《まえ》も注意《ちゅうい》したよ? 1人《ひとり》でやろうとしないでって。何度《なんど》いえばいいのかな! バカヒロト!」

木《こ》の葉《は》と木《き》の枝《えだ》で身《み》をかくしたまま、2人《ふたり》はなぜか……めちゃくちゃ怒《おこ》っていた。

ぽかんとする大翔《ひろと》を地面《じめん》に正座《せいざ》させると、猛然《もうぜん》と説教《せっきょう》を開始《かいし》する。

「鬼祓《おにばら》いの修業《しゅぎょう》だってこと忘《わす》れてない? 力業《ちからわざ》で鬼《おに》をたおせるわけないでしょ! バカなの!?」

「人払《ひとばら》いとく方法《ほうほう》、知《し》ってたなら教《おし》えといてよ! 修練場《しゅうれんじょう》はいれなくて、時間《じかん》くったじゃないか! バカ!」

「せっかくの休日《きゅうじつ》だったのに、けっきょく映画《えいが》は観《み》られなくなっちゃったし。バカ……」

「ようやくきてみれば、またボロボロになってるし……。バカ……」

「ほんっとバカ……」

「もうバカとしかいえない」

「あたしたちに、なにかいうことは?」

「……わ、悪《わる》かったよ……」

さすがにバカバカいいすぎじゃないかと思《おも》いつつ、大翔《ひろと》はとりあえずあやまった。

「聞《き》こえない。もっと大《おお》きな声《こえ》で」

葵《あおい》がまゆをあげる。

「ごめん……」

「ごめんじゃわからない。具体的《ぐたいてき》にはなにをあやまってるの？」

「……1人《ひとり》で、突《つ》っ走《ぱし》っちゃったこと」

「どうして突《つ》っ走《ぱし》ったのさ？　いってくれないと、納得《なっとく》できない」

悠《ゆう》までぐいぐいくる。

「……お、お母《かあ》さんみたいなこというなよ……。ごめんって、いってるだろ……」

「だめ。ぼくら怒《おこ》ってるんだから」

「あやまればゆるしてもらえるだなんて、考《かんが》えがあまいのよ」

「……1人《ひとり》でもできるって、思《おも》ったんだ」

大翔《ひろと》は、ぽつりといった。

「……おれ、修業《しゅぎょう》で、自信《じしん》ついたし。鬼《おに》くらい、なんとかできるやって。友達《ともだち》なんてたよってたら、おそくなるだけだもん。1人《ひとり》でも、怖《こわ》くねえって」

「よーするに、調子《ちょうし》のっちゃったわけね？」

「一言《ひとこと》でまとめるなよ……」

「強《つよ》くなって、鬼《おに》に勝《か》てたわけ？」

「きくなよ……」

「1人《ひとり》でも、怖《こわ》くなかったんだ？」

「なあ、あんまりいじめないでくれよ……。おれが悪《わる》かったってば……」

「反省《はんせい》してよね」

「反省《はんせい》しなさい」

なんだよ、この説教部屋《せっきょうべや》。

2人《ふたり》ににらまれ、さんざん怒《おこ》られて。

でも、大翔《ひろと》はだんだん、体《からだ》の底《そこ》から、また力《ちから》が湧《わ》いてくるのを感《かん》じた。

不思議《ふしぎ》だ。つい今《いま》しがたまで、たちあがる気力《きりょく》さえ枯《か》れてしまってたのに。

2人《ふたり》の顔見《かおみ》たら、元気《げんき》でてきた。

「……なに笑《わら》ってるのよ、大翔《ひろと》」

にやにやしている大翔《ひろと》に気《き》づいて、葵《あおい》がまゆをあげた。

「反省《はんせい》がたりてないわね？」

「ちげえよ。しかられて、なんか、元気《げんき》でてきたんだ」

大翔《ひろと》はぐしぐしと目《め》もとをぬぐうと、ピースしてニカッと2人《ふたり》に笑《わら》いかけた。

「ありがとな。悠《ゆう》、葵《あおい》」

「……やっぱりこれ、ぜんぜん反省《はんせい》してないよね？」

「ていうか、しかられて元気《げんき》でるって、ちょっとアブナくない？」

「最終試練《さいしゅうしれん》だ！　2人《ふたり》とも、やろうぜ！　いい作戦求《さくせんもと》む！」

大翔《ひろと》がいうと、2人《ふたり》はやれやれと肩《かた》をすくめた。

「まあ、説教《せっきょう》のつづきは、あとでにしようか」

「そうね。先《さき》に鬼祓《おにばら》いの秘技《ひぎ》、やっちゃいましょ」

と、葵《あおい》はごそごそとバッグをさぐって、筆《ふで》ペンと白《しろ》い紙束《かみたば》をとりだした。

集中《しゅうちゅう》するように深呼吸《しんこきゅう》すると、さらさらと紙《かみ》になにか書《か》く。

……見《み》たこともない文字《もじ》と記号《きごう》が、複雑《ふくざつ》に組《く》みあわさったものだ。大翔《ひろと》はまばたきした。

葵《あおい》は書《か》きおえると、悠《ゆう》にわたした。

悠《ゆう》は紙《かみ》をひたいにあてると、目《め》を閉《と》じ、なにかぶつぶつとつぶやく。

ぽうっ……と、紙《かみ》が淡《あわ》く光《ひか》りはじめた。

葵《あおい》と悠《ゆう》はもう1枚《まい》、同《おな》じことをした。

「鬼祓《おにばら》いの秘技《ひぎ》は、〝符術《ふじゅつ》〟の一種《いっしゅ》なの」

ぽかんとする大翔《ひろと》に、葵《あおい》は指《ゆび》をたてて説明《せつめい》した。

「符術《ふじゅつ》――ようは、お札《ふだ》を使《つか》った術《じゅつ》のことね」

「お、お札《ふだ》ぁ……？」

大翔《ひろと》は、拍子《ひょうし》抜《ぬ》けした声《こえ》をだした。

「なんか、うさんくさいな。そんな紙《かみ》きれで、鬼《おに》がたおせるのかよ……？」

「大翔《ひろと》のパンチでたおせないことは、はっきりしたでしょ？」

「はい。すみません」

「符術《ふじゅつ》をなめちゃいけないわ。道教《どうきょう》、神道《しんとう》、陰陽道《おんみょうどう》などで、古来《こらい》から幅《はば》ひろく使《つか》われてるものなの。以前《いぜん》、鬼《おに》をお守《まも》りで祓《はら》ったことあったでしょう？　いま考《かんが》えれば、あれもお守《まも》りのなかに呪符《じゅふ》がはいってたからだったんじゃないかな」

葵《あおい》は説明《せつめい》をつづける。

「特殊《とくしゅ》な文字《もじ》を書《か》いて、神様《かみさま》の力《ちから》をこめた札《ふだ》を、呪符《じゅふ》というの。今《いま》あたしたちがつくった呪符《じゅふ》は、数百《すうひゃく》ある退鬼用《たいきよう》の符《ふ》のうち、鬼《おに》の活動停止《かつどうていし》をもたらす封《ふう》の札《ふだ》。これを貼《は》れば、鬼《おに》をもとどおり封印《ふういん》できるってわけ」

悠《ゆう》の持《も》った2枚《まい》の札《ふだ》が、淡《あわ》く光《ひか》りかがやいている。

「鬼祓《おにばら》いの秘技《ひぎ》は、あたしたち3人《にん》の修業《しゅぎょう》の成果《せいか》をあわせることで、はじめて完成《かんせい》する術《じゅつ》だったの。札《ふだ》に特殊《とくしゅ》な字《じ》を書《か》くのがあたしの役目《やくめ》」

「その札《ふだ》に力《ちから》をこめるのがぼくの役目《やくめ》」

「……おれは？」

「札《ふだ》を鬼《おに》に貼《は》る役目《やくめ》。鬼《おに》のツノに直接《ちょくせつ》、貼《は》りつけないといけないの」

「…………」

封
SMIL
BEAR

「荒井先生《あらいせんせい》がいってたわ」

おまえらは天才《てんさい》じゃない。ただの子供《こども》だ。

——何百種《なんびゃくしゅ》もの複雑《ふくざつ》な文字《もじ》を、すばやく正確《せいかく》に札《ふだ》に書《か》きとる、知識《ちしき》と集中力《しゅうちゅうりょく》。

——神様《かみさま》にみとめられ、札《ふだ》に神気《しんき》をこめられる、澄《す》んだやわらかい心《こころ》。

——凶暴《きょうぼう》な鬼《おに》にたちむかい、攻撃《こうげき》をかいくぐって札《ふだ》を貼《は》る、勇気《ゆうき》と運動能力《うんどうのうりょく》。

天才《てんさい》じゃないから、とても1人《ひとり》で全部《ぜんぶ》は身《み》につけられないだろう。

でも死《し》ぬ気《ぬ》でやれば、1つくらいは身《み》につけられるかもしれない。

自分《じぶん》1人《ひとり》の力《ちから》で、どうしようもなくなったときは……。

「『力《ちから》をあわせろ。仲間《なかま》をたよるんだ。それが、おまえらが金谷《かなや》に追《お》いつく、たった1つの可能性《かのうせい》だ』って」

「だから……まかせたよ、ヒロト」

悠《ゆう》がさしだす2枚《まい》の呪符《じゅふ》を、大翔《ひろと》はしっかり受《う》けとった。

勇気《ゆうき》が湧《わ》いてきた。

それはきっと、2人《ふたり》が大翔《ひろと》を追《お》いかけて、しかって、笑《わら》って、ここにいてくれるからだ。

大翔《ひろと》は、はじめてわかった。

勇気《ゆうき》は、自分《じぶん》の胸《むね》から湧《わ》いてくるんだと思《おも》ってた。でもちがったんだ。

勇気《ゆうき》は、友達《ともだち》のあいだから湧《わ》いてくるものだったんだ。

大翔《ひろと》は、ぐいっと手《て》をさしだした。

悠《ゆう》と葵《あおい》が手《て》をかさね、おうっ！　と3人《にん》で掛《か》け声《ごえ》をあげた。

鬼《おに》たちのうなり声《ごえ》が近《ちか》づいてきた。

「うっし！　まかせろ！　こんどこそ、鬼《おに》をぶちのめしてくるぜ！」

「また負《ま》けてぼろ泣《な》きしないでね、ヒロト……」

「見《み》てたなら声《こえ》かけてくれよお……！」

「ちょっと待《ま》って。もう1枚《まい》」

葵《あおい》がさらさらと札《ふだ》を書《か》いた。先《さき》の2枚《まい》とはちがう文字《もじ》だ。悠《ゆう》が力《ちから》をこめ、呪符《じゅふ》を大翔《ひろと》の右足《みぎあし》に貼《は》る。

「いい？　この呪符《じゅふ》は——」


グルルルルルッ……


茂《しげ》みのむこうから、牛頭鬼《ごずき》と馬頭鬼《ばずき》が姿《すがた》をあらわした。ようやく獲物《えもの》をみつけて、目玉《めだま》がらんらんと光《ひか》っている。

「2人《ふたり》とも、はなれてろっ！」

さけぶと同時《どうじ》に、牛頭鬼《ごずき》がおそいかかってきた。

大翔《ひろと》は意識《いしき》を集中《しゅうちゅう》する。100%《パーセント》でたちむかう。

牛頭鬼《ごずき》が金棒《かなぼう》をふりおろすのが、スローモーションに見《み》えた。

かるく身《み》をそらしてよけると、金棒《かなぼう》のうえに跳《と》び乗《の》った。かけあがり、ジャンプし、牛《ご》頭鬼《ずき》の首《くび》っ玉《たま》にしがみついた。

ひたいへ手《て》をのばす。牛頭鬼《ごずき》が頭《あたま》をふりまわしてあばれる。

馬頭鬼《ばずき》が突っこんでくるのが見《み》えた。

大翔《ひろと》は思《おも》いきり身《み》をそらしてよけた。

馬頭鬼《ばずき》が繰《く》りだしたラリアットが、いきおいあまって牛頭鬼《ごずき》の顔面《がんめん》をとらえる。牛頭鬼《ごずき》がバランスを崩《くず》し、馬頭鬼《ばずき》をにらみつけた。馬頭鬼《ばずき》が、悪《わる》い悪《わる》い、というように鼻息《はないき》をもらす。半分《はんぶん》わざとだろ。まだケンカしてたのか。

注意《ちゅうい》がそれたスキを逃《のが》さず、大翔《ひろと》はもう一度《いちど》牛頭鬼《ごずき》のツノへ手《て》をのばした。

牛頭鬼《ごずき》の腕《うで》がのびたが、大翔《ひろと》のほうがはやい。

ツノへ呪符《じゅふ》を貼《は》りつけた。

身《み》を投《な》げだして、地面《じめん》に着地《ちゃくち》。

「わわっ！　こっちこないでよう！」

地面《じめん》をころがり身《み》をたてなおしながら、大翔《ひろと》は声《こえ》のほうへ顔《かお》をむけた。
馬頭鬼《ばずき》が悠《ゆう》に狙《ねら》いを定《さだ》め、空高《そらたか》く跳躍《ちょうやく》したのだ。金棒《かなぼう》をふりあげている。
「でっやあああああああっ！」
大翔《ひろと》は右足《みぎあし》に力《ちから》をこめて、力《ちから》いっぱい地面《じめん》をけった。
足《あし》に貼《は》られた呪符《じゅふ》が、光《ひか》りかがやいた。
大翔《ひろと》の体《からだ》はロケットのように高《たか》く跳躍《ちょうやく》し、宙《ちゅう》で馬頭鬼《ばずき》をとらえた。
腕《うで》をのばし、馬頭鬼《ばずき》のひたいへ呪符《じゅふ》を貼《は》りつける。
そのまくるっと体《からだ》を回転《かいてん》させ、右足《みぎあし》から地面《じめん》へ着地《ちゃくち》する。呪符《じゅふ》の光《ひかり》が消《き》えた。
馬頭鬼《ばずき》はドスンと落下《らっか》してたおれた。
「…………」
牛頭鬼《ごずき》も馬頭鬼《ばずき》も、動《うご》かない。
やがて。
ドスウン……

牛頭鬼《ごずき》の巨体《きょたい》が、ゆっくりと地面《じめん》にたおれこんだ。

地面《じめん》に落《お》ちた馬頭鬼《ばずき》の体《からだ》が、ゆっくりと石《いし》におおわれていく。


「や、やった……」

3人《にん》は顔《かお》を見《み》あわせた。

悠《ゆう》も葵《あおい》も、にやにやしている。

「やったあああああっ!!」

かけ寄《よ》って抱《だ》きあい、みんなで快哉《かいさい》をさけんだ。

鬼《おに》祓《ばら》いの秘《ひ》技《ぎ》のやりかた！☆彡

① 札《ふだ》に字《じ》を書《か》こう！

（担当《たんとう》：　　）

まずは札《ふだ》に、文字《もじ》を書《か》こう！
鬼《おに》を封印《ふういん》したり、脚力《きゃくりょく》を高《たか》めたり……
書《か》く文字《もじ》によって、効果《こうか》が変《か》わるぞ！
文字《もじ》をまちがえたり、崩《くず》れたりすると失敗《しっぱい》だ！

必要《ひつよう》なのは、**知識《ちしき》**と**集中力《しゅうちゅうりょく》**！ きれいに、すばやく、正確《せいかく》に！

② 札《ふだ》に力《ちから》をこめよう！

（担当《たんとう》：　　）

文字《もじ》が書《か》けたら、神様《かみさま》に祈《いの》って札《ふだ》に力《ちから》をこめよう！
力《ちから》がこもれば、札《ふだ》が光《ひか》って呪符《じゅふ》の完成《かんせい》だ！
威力《いりょく》や効果時間《こうかじかん》は、ここで決《き》まるぞ！

必要《ひつよう》なのは、**澄《す》みきった心《こころ》**！ 笑顔《えがお》と感謝《かんしゃ》を忘《わす》れずにな！

③ 札《ふだ》を貼《は》ろう！

（担当《たんとう》：　　）

呪符《じゅふ》ができたら、さっそく貼《は》りつけよう！
攻撃《こうげき》の場合《ばあい》は、鬼《おに》のツノが狙《ねら》い目《め》！
強化《きょうか》の場合《ばあい》は、自分《じぶん》の体《からだ》の部位《ぶい》に貼《は》ろう！

必要《ひつよう》なのは、**身体能力《しんたいのうりょく》**……そして、**勇気《ゆうき》**！ 恐《おそ》れず立《た》ち向《む》かっていけ！

先生《せんせい》からのアドバイス

鬼祓《おにばら》いの秘技《ひぎ》は、３人《にん》の力《ちから》をあわせて使《つか》う術《じゅつ》だ！
１人《ひとり》じゃ鬼《おに》には勝《か》てないぞ！　互《たが》いの長所《ちょうしょ》を活《い》かすんだ！
力《ちから》をあわせて……がんばろう！！！！　＼(^o^)／

4

「先生《せんせい》、見《み》かけによらずテンションが高《たか》いプリントつくりますよね……」

「ていうか、似顔絵《にがおえ》うまいし……」

「ガキむけにとっつきやすく、って考《かんが》えてたら、こうなっちまったんだよ。古文書《こもんじょ》そのまだと、おまえら、読《よ》まねえだろうが」

荒井先生《あらいせんせい》は、手《て》づくりのプリントを配《くば》ると、うるさそうに葵《あおい》と悠《ゆう》をにらんだ。

プリントには、鬼祓《おにばら》いの秘技《ひぎ》のやりかたがまとめられている。

「ほんとは、みんなでちゃんと術《じゅつ》を完成《かんせい》させてから、最終試練《さいしゅうしれん》に挑《いど》んでもらうつもりだったんだぞ。講義《こうぎ》の内容《ないよう》まで考《かんが》えてたのに……台無《だいな》しだ。まったく」

腹《はら》だたしげに息《いき》をつく。

さっきから、大翔《ひろと》のほうには一度《いちど》も顔《かお》をむけてくれない。

大翔《ひろと》がショッピングモールを飛《と》びだしたあと、悠《ゆう》と葵《あおい》は大翔《ひろと》のあとを追《お》って、修練場《しゅうれんじょう》にやってきた。でも人払《ひとばら》いの結界《けっかい》のせいで、なかにはいれなかった。

2人《ふたり》はどうしようか迷《まよ》ったが、悠《ゆう》が電話《でんわ》で荒井先生《あらいせんせい》を呼《よ》びだした。いやな予感《よかん》がしたのだという。悠《ゆう》の予感《よかん》はよくあたるのだ。

あわててやってきた先生《せんせい》が結界《けっかい》をとき、悠《ゆう》たちは大翔《ひろと》のもとへかけつけた。

先生《せんせい》がかけつけてくれなければ、大翔《ひろと》はいまごろ、鬼《おに》たちに仲良《なかよ》く（？）喰《く》われていただろう。

「なしくずしになっちまったが……ともかく！」

と、荒井先生《あらいせんせい》は、悠《ゆう》と葵《あおい》にうなずきかけた。

「宮原《みやはら》、桜井《さくらい》、よくやったぞ！　つらい修業《しゅぎょう》を、よくぞ乗《の》り越《こ》えた！　これにて修業完《しゅぎょうかん》了《りょう》ッ！」

2人《ふたり》と拳《こぶし》をあわせる。やっぱり、大翔完全《ひろとかんぜん》ムシだ。大翔《ひろと》はほおをかいた。

「それじゃ、2人《ふたり》とも、帰《かえ》るぞ！」

先生《せんせい》は背《せ》をむけ、のしのしと歩《ある》きはじめた。

「……せ、せんせーえ……。……お、おれは？」

その背中《せなか》に、大翔《ひろと》はおそるおそる声《こえ》をかけた。

「……おう。そうだったな。大場《おおば》も、よくやった」

荒井先生《あらいせんせい》はふりむいて、にやあっと笑《わら》った。

「俺《おれ》との約束《やくそく》、よくぞさっくりやぶってくれた。あんなにダメだっていったのに……。じつにいい度胸《どきょう》だ……。修業《しゅぎょう》の成果《せいか》のくそ度胸《どきょう》……ほめてやるぜえ……」

青筋《あおすじ》たてて笑《わら》いつつ、両手《りょうて》をボキボキ鳴《な》らしてる。大翔《ひろと》は超《ちょう》ビビった。牛頭鬼《ごずき》と馬頭鬼《ばずき》より怖《こえ》え。

「先生《せんせい》。あたしたちのほうから、たっぷり説教《せっきょう》しときましたから」

「うん。かんべんしてあげてよ」

葵《あおい》と悠《ゆう》が口《くち》をそろえた。

悠《ゆう》が、ぼそりと大翔《ひろと》に耳打《みみう》ちする。

「……先生《せんせい》、すごく心配《しんぱい》してたんだよ。ヒロトになにかあったら、自分《じぶん》の責任《せきにん》だ、って」

「……ごめんなさい、先生《せんせい》」

大翔《ひろと》はぺこりと頭《あたま》をさげた。

「悠《ゆう》も葵《あおい》も、ごめん」

「2人《ふたり》がそういうなら、ま、しかたねえな」

荒井先生《あらいせんせい》は、ブンッと手《て》を突《つ》きだした。大翔《ひろと》はびくっと目《め》を閉《と》じた。

ひたいを、ピン、と指《ゆび》がはじいた。

「……わかったろ？」

目《め》をあけると、荒井先生《あらいせんせい》は、じっと大翔《ひろと》の目《め》の奥《おく》をみつめていた。めったにしない、やさしい顔《かお》で。

「おまえは天才《てんさい》じゃない。1人《ひとり》では、どうしたってできないことがある」

「………」

「それでいいんだ。そういうときは、友達《ともだち》をたよれ。それがチームだ。……忘《わす》れるな」

「……押忍《おす》！」

大翔《ひろと》はうなずき、一礼《いちれい》した。

……ポツン

雨粒《あまつぶ》が、ほおへあたった。

「降《ふ》ってきたみたいだな」

見《み》あげると、ぶ厚《あつ》くなってきた雨雲《あまぐも》が、空《そら》をおおいかくそうとしている。

ポツッ、ポツッ、ポツポツッ……

すぐにいきおいを増《ま》しはじめる。

「ちょっと待《ま》ってろ。また風邪《かぜ》ひくとめんどうだ」

荒井先生《あらいせんせい》はリュックサックをひらき、なかから雨《あま》がっぱをひっぱりだす。

「先生《せんせい》、ほんと用意《ようい》いいよな」

「そのリュックサック、こんど調《しら》べてみたいわ……」

大翔《ひろと》たちは顔《かお》を見《み》あわせ、笑《わら》いあった。

——油断大敵《ゆだんたいてき》。

そんな言葉《ことば》の意味《いみ》くらい、全員《ぜんいん》、知《し》っていたはずだったのに。

修業《しゅぎょう》を終《お》えた達成感《たっせいかん》で、気《き》が抜《ぬ》けていたのかもしれない。だれもそのことに気《き》づかなかった。

ポツポツ、ポツポツポツッ……雨《あめ》はいきおいを増《ま》して降《ふ》りそそいでいく。

大翔《ひろと》たちにも。草木《くさき》にも。

地面《じめん》にころがった、鬼《おに》の石像《せきぞう》にも。

……そのツノに貼《は》られた呪符《じゅふ》にも。

呪符《じゅふ》に書《か》かれた文字《もじ》が、雨《あめ》の水滴《すいてき》で、じんわりとにじんでぼやけた。

牛頭鬼《ごずき》をおおっていた石《いし》が、フッ、と、消《き》え去《さ》った。

結《けつ》末《まつ》

気《き》づいたときには、おそかった。

雨《あま》がっぱをひろげていた荒《あら》井《い》先《せん》生《せい》は……とつぜん、子《こ》供《ども》たちをはげしく突《つ》き飛《と》ばした。

「おまえら、逃《に》げ——」

——轟《ごう》っ！

巻《ま》き起《お》こった風《かぜ》とともに、先《せん》生《せい》の体《からだ》が、木《こ》の葉《は》のようにふっ飛《と》んだ。

木《き》の幹《みき》にたたきつけられる。

「……くそ。やっぱこの鬼《おに》、でっけえな……」

荒井先生《あらいせんせい》は、苦笑《にがわら》いしてうめいた。

がくっ、と頭《こうべ》を垂《た》れた。木《き》に寄《よ》りかかるようにして、気《き》を失《うしな》った。

子供《こども》たちは、ぽかんとした。

牛頭鬼《ごずき》がたっていた。なにごともなかったみたいに。

荒井先生《あらいせんせい》が反撃《はんげき》してこないか、様子《ようす》をうかがっているようだ。

そのツノに貼《は》りつけた呪符《じゅふ》は……雨《あめ》にさらされ、文字《もじ》がにじんでいた。

「――葵《あおい》っ！　悠《ゆう》っ！　もう一度《いちど》やるぞ！　鬼祓《おにばら》いだ！」

「わ、わかったわ！」

葵《あおい》が筆《ふで》ペンを手《て》にとり、あわてて紙《かみ》に文字《もじ》を書《か》く。手《て》がふるえ、字《じ》が崩《くず》れた。

悠《ゆう》がひたいにあてて念《ねん》じるが……光《ひか》らない。

「あれ、あれ？　光《ひか》らないよ、アオイ！」

「ちゃんと念《ねん》じて！」

「念《ねん》じてるよう！」

あわてる悠《ゆう》の手《て》のなかで、札《ふだ》がみるみる朽《く》ちていく。

ボロボロと灰《はい》のようになって、指《ゆび》のすきまからこぼれ落《お》ちた。

「な、なにこれ！　崩《くず》れちゃったよっ！」

「ちょっと待《ま》って！　もう1枚《まい》書《か》くから！」

「あぶねえっ！」

あせってわめきあう2人《ふたり》をかばって、大翔《ひろと》は体《からだ》を割《わ》りこませた。

轟《ごう》っ——ふるわれた牛頭鬼《ごずき》の腕《うで》に、ふっ飛《と》ばされた。

荒井先生《あらいせんせい》の体《からだ》にたたきつけられ、2人《ふたり》で折《お》りかさなるように地面《じめん》にころがった。

「ぐ、ぐああ……」

「ヒロト、だいじょうぶっ……!?」

ポツポツ、ポツポツッ……いきおいを増《ま》した雨《あめ》が、馬頭鬼《ばずき》の石像《せきぞう》にも降《ふ》りそそいでいく。

呪符《じゅふ》の文字《もじ》をにじませる。

馬頭鬼《ばずき》をおおっていた石《いし》も、消《き》え去《さ》った。

たちあがった馬頭鬼《ばずき》が、いななきをあげて悠《ゆう》たちをにらんだ。

「あ、雨《あめ》で文字《もじ》がにじんだだけで、とけちゃうなんて……。ちゃんとプリントに、書《か》いておいてよ……」

「これ、ふりだしにもどる……どころじゃないよう……」

葵《あおい》と悠《ゆう》が抱《だ》きあい、へなへなと地面《じめん》にへたりこんだ。

牛頭鬼《ごずき》が金棒《かなぼう》をひろいあげると、たおれた大翔《ひろと》のほうへ、ゆっくりと近《ちか》づいてくる。先《さき》にこちらにとどめを刺《さ》すことにきめたみたいだ。

「ぐ、ぐうっ……」

大翔《ひろと》はもがいた。地面《じめん》に手《て》をつき、身《み》を起《お》こす。

でも、たちあがったところで、どうすればいい。雨《あめ》で呪符《じゅふ》は無力化《むりょくか》してしまう。荒井先《あらいせん》生《せい》は気《き》を失《うしな》っている。大翔《ひろと》の体《からだ》ももうガタガタだ。みんなで逃《に》げきる……ぜったいに無理《むり》だ。

全滅《ぜんめつ》だった。

ぼたぼたと、牛頭鬼《ごずき》の口《くち》から垂《た》れたよだれが、大翔《ひろと》のほおにかかった。大翔《ひろと》は青《あお》ざめた。

牛頭鬼《ごずき》が金棒《かなぼう》をふりあげた。

「……ち、ちくしょう……っ」

大翔《ひろと》は、ぎゅっと目《め》をつぶった。


「見《み》てらんねーな」


バカにしたような声《こえ》がひびいて、大翔《ひろと》はハッと息《いき》をのんだ。

「こんな鬼相手《おにあいて》に、やられてんじゃねーよ。それでも俺《おれ》のライバルか？」

目《め》をひらくと、茂《しげ》った木《き》の陰《かげ》に……章吾《しょうご》がたっていた。

暗闇《くらやみ》に半身《はんしん》をしずませて、ポケットに左手《ひだりて》をつっこんで、冷《つめ》たく大翔《ひろと》をみつめている。

とつぜんあらわれた章吾《しょうご》に、牛頭鬼《ごずき》は後《あと》ずさった。警戒《けいかい》しているようだ。

脅威《きょうい》と判断《はんだん》したらしい。うなり声《ごえ》をあげ——章吾《しょうご》へ向《む》けて金棒《かなぼう》をふるった。

章吾《しょうご》はポケットから左手《ひだりて》をだしてふるった。

パンッ

牛頭鬼《ごずき》の上体《じょうたい》がはじけ飛《と》んだ。

まるで砂《すな》のようにこまかな石片《せきへん》となって、パラパラと宙《ちゅう》に舞《ま》い散《ち》った。のこった下半身《かはんしん》が、みるみる石塊《せっかい》と化《か》す。ぼろぼろと崩《くず》れ落《お》ちた。

「鬼祓《おにばら》いの秘技《ひぎ》——人間《にんげん》が鬼《おに》に対抗《たいこう》しうる、唯一《ゆいいつ》の手段《しゅだん》か」

章吾《しょうご》が肩《かた》をすくめてみせる。

馬頭鬼《ばずき》がブルルッと鼻息《はないき》をもらした。

高《たか》く跳躍《ちょうやく》し、天《てん》から章吾《しょうご》に躍《おど》りかかった。

章吾《しょうご》は左手《ひだりて》をふるった。

パンッ

馬頭鬼《ばずき》の体《からだ》もはじけ飛《と》んだ。

いななき一《ひと》つあげる間《ま》もなく、雨《あめ》のようにパラパラと舞《ま》い散《ち》っていく。

「こんな鬼《おに》にてこずってるような秘技《ひぎ》じゃ、たかがしれてるな。くだらねえ」

舌打《したう》ちすると、またポケットに手《て》をつっこむ。

大翔《ひろと》は、ぼうぜんとした。

3人《にん》で必死《ひっし》に修業《しゅぎょう》し、力《ちから》をあわせて、あんなに苦戦《くせん》してもたおしきれなかった鬼《おに》を。

章吾《しょうご》は、たった二《ふた》ふりでたおしてみせた。息一《いきひと》つ乱《みだ》さずに。

「す、すまねえ、章吾《しょうご》。助《たす》かった……」

「……助《たす》かった？」

大翔《ひろと》の言葉《ことば》に、章吾《しょうご》は首《くび》をかしげた。

ククッ、と、のどの奥《おく》でおかしそうに笑《わら》った。

「おいおい。なにをいっているんだ？　どうかしちまったのか？　大翔《ひろと》。——俺《おれ》は、鬼《おに》になったんだぜ？」

木陰《こかげ》からでてきた章吾《しょうご》の体《からだ》が、月明《つきあ》かりにてらされる。

大翔《ひろと》は息《いき》をのんだ。

……章吾《しょうご》の左半身《ひだりはんしん》は、首《くび》もとから足《あし》まで、黒《くろ》く染《そ》まっていた。

顔《かお》にも黒《くろ》い線《せん》が走《はし》っている。

以前《いぜん》より鬼化《おにか》が進《すす》んでる……。


「……いいもんだぜ。鬼《おに》の力《ちから》ってやつは。力《ちから》が湧《わ》いてくるようだ」

ぼうぜんとする3人《にん》に、章吾《しょうご》はニタッと笑《わら》って拳《こぶし》をにぎった。

「はじめのうちは、必死《ひっし》にあらがおうとしていた。俺《おれ》は人間《にんげん》だ、鬼《おに》じゃねえ、ってな。

……いまでは、なぜ抵抗《ていこう》してたのか、わからない。鬼《おに》はすばらしい。ひ弱《よわ》な人間《にんげん》とは、ぜんぜんちがう」

ククッ……と、のどの奥《おく》からひきつれた笑《わら》い声《ごえ》をこぼす。

『鬼《おに》の体《からだ》を得《え》た人間《にんげん》が、心《こころ》だけ人間《にんげん》のままでいられると思《おも》うか？』

『体《からだ》がより鬼《おに》に近《ちか》くなっていけば、心《こころ》も人《ひと》ではなくなっていく』

『人《ひと》だったときの記憶《きおく》は薄《うす》れ、価値観《かちかん》が変《か》わり……正真正銘《しょうしんしょうめい》、立派《りっぱ》な鬼《おに》になる』

『おまえらのことなんて、忘《わす》れちまうのさ』

「前《まえ》までは、おまえらのこと……友達《ともだち》だって、思《おも》ってたんだ」

「章吾《しょうご》……」

「いまでは、なぜおまえらを友達《ともだち》だと思《おも》ってたのか、わからない。なあ、友達《ともだち》ってなんだ？　ククッ。クククッ……。――いまなら、なんの抵抗《ていこう》もなさそうだ」

ぼうぜんとする大翔《ひろと》の、首《くび》すじに。

章吾《しょうご》は、ぴたりと鉤爪《かぎづめ》を突《つ》きつけた。

「俺《おれ》の手《て》で殺《ころ》してやるよ、大翔《ひろと》」

じっと大翔《ひろと》をみつめる左目《ひだりめ》は、人《ひと》の心《こころ》を映《うつ》さない……鬼《おに》の目玉《めだま》だった。


第《だい》9弾《だん》につづく……

集英社みらい文庫

絶望鬼《ぜつぼうおに》ごっこ
命《いのち》がけの地獄《じごく》アスレチック

針《はり》とら 作
みもり 絵

ファンレターのあて先
〒101-8050 東京都千代田区一ツ橋2-5-10 集英社みらい文庫編集部
いただいたお便りは編集部から先生におわたしいたします。

2017年7月26日 第1刷発行
2018年2月12日 第2刷発行

発行者 北畠輝幸
発行所 株式会社 集英社
〒101-8050 東京都千代田区一ツ橋2-5-10
電話 編集部 03-3230-6246
読者係 03-3230-6080
販売部 03-3230-6393(書店専用)
http://miraibunko.jp
装 丁 +++ 野田由美子 中島由佳理
印 刷 凸版印刷株式会社
製 本 凸版印刷株式会社

★この作品はフィクションです。実在の人物・団体・事件などにはいっさい関係ありません。
ISBN978-4-08-321382-3 C8293 N.D.C.913 186P 18cm

ヤミツキになる1冊《さつ》!!!

もしも…

小学生《しょうがくせい》で**ドライブシュート**をけることができたら…!?

天才《てんさい》**リオネル・メッシ**が右利《みぎき》きだったら…!?

CRナウド《クリスティアーノ》と**メッシ**が同《おな》じ**チーム**になったら…!?

少年《しょうねん》サッカー**22人《にん》**vsプロサッカー**4人《にん》**で試合《しあい》をしたら…!?

小学生《しょうがくせい》が**FIFA《フィファ》ワールドカップ**に出場《しゅつじょう》**できる**としたら…!?

人類最速《じんるいさいそく》**ウサイン・ボルト**がサッカー選手《せんしゅ》だったら…!?

プロ野球《やきゅう》の**大谷翔平《おおたにしょうへい》**がサッカー選手《せんしゅ》だったら…!?

FIFA《フィファ》ワールドカップが**富士山《ふじさん》の頂上《ちょうじょう》**で開催《かいさい》されたら…!?

FIFA《フィファ》ワールドカップが**巨大冷蔵庫《きょだいれいぞうこ》**で開催《かいさい》されたら…!?

J《ジェイ》リーグに**ドラフト制度《せいど》**があったら…!?

戦国武将《せんごくぶしょう》がW杯《ワールドカップ》で監督《かんとく》になったら!?
そんな研究《けんきゅう》もしちゃいますよ～!

徳川家康《とくがわいえやす》＝ポルトガル代表《だいひょう》
豊臣秀吉《とよとみひでよし》＝中国《ちゅうごく》代表《だいひょう》
武田信玄《たけだしんげん》＝ブラジル代表《だいひょう》
上杉謙信《うえすぎけんしん》＝アルゼンチン代表《だいひょう》
毛利元就《もうりもとなり》＝イングランド代表《だいひょう》
伊達政宗《だてまさむね》＝スペイン代表《だいひょう》
天草四郎時貞《あまくさしろうときさだ》＝イタリア代表《だいひょう》
坂本龍馬《さかもとりょうま》＝オランダ代表《だいひょう》
西郷隆盛《さいごうたかもり》＝ドイツ代表《だいひょう》
ペリー＝アメリカ代表《だいひょう》

サッカーがもっと好《す》きになる

『実況《じっきょう》！空想《くうそう》サッカー研究所《けんきゅうじょ》』
もしも織田信長《おだのぶなが》が日本代表監督《にほんだいひょうかんとく》だったら
清水英斗《しみずひでと》・作
フルカワマモる・絵

大好評《だいこうひょう》
発売中《はつばいちゅう》!!

だれが最《さい》後《ご》まで
集英社みらい文庫
大久保開 作 北野詠一 絵
生き残りゲーム
ラストサバイバル
でてはいけないサバイバル教室
第《だい》2弾《だん》
でてはいけない
サバイバル教《きょう》室《しつ》
好《こう》評《ひょう》発《はつ》売《ばい》中《ちゅう》!
第《だい》1弾《だん》
最《さい》後《ご》まで
歩《ある》けるのはだれだ!?
生《い》き残《のこ》りゲーム
ラストサバイバル
大《お》久《お》保《く》開《ぼ》作《さく》 北《きた》野《の》詠《えい》一《いち》絵《え》

「みらい文庫《ぶんこ》」読者《どくしゃ》のみなさんへ

言葉《ことば》を学《まな》ぶ、感性《かんせい》を磨《みが》く、創造力《そうぞうりょく》を育《はぐく》む……、読書《どくしょ》は「人間力《にんげんりょく》」を高《たか》めるために欠《か》かせません。たった一枚《いちまい》のページをめくる向《む》こう側《がわ》に、未知《みち》の世界《せかい》、ドキドキのみらいが無限《むげん》に広《ひろ》がっている。これこそが「本《ほん》」だけが持《も》っているパワーです。

学校《がっこう》の朝《あさ》の読書《どくしょ》に、休《やす》み時間《じかん》に、放課後《ほうかご》に……。いつでも、どこでも、すぐに続《つづ》きを読《よ》みたくなるような、魅力《みりょく》に溢《あふ》れる本《ほん》をたくさん揃《そろ》えていきたい。読書《どくしょ》がくれる、心《こころ》がきらきらしたり胸《むね》がきゅんとする瞬間《しゅんかん》を体験《たいけん》してほしい、楽《たの》しんでほしい。みらいの日本《にほん》、そして世界《せかい》を担《にな》うみなさんが、やがて大人《おとな》になった時《とき》、「読書《どくしょ》の魅力《みりょく》を初《はじ》めて知《し》った本《ほん》」「自分《じぶん》のおこづかいで初《はじ》めて買《か》った一冊《いっさつ》」と思《おも》い出《だ》してくれるような作品《さくひん》を一所懸命《いっしょけんめい》、大切《たいせつ》に創《つく》っていきたい。

そんないっぱいの想《おも》いを込《こ》めながら、作家《さっか》の先生方《せんせいがた》と一緒《いっしょ》に、私《わたし》たちは素敵《すてき》な本作《ほんづく》りを続《つづ》けていきます。「みらい文庫《ぶんこ》」は、無限《むげん》の宇宙《うちゅう》に浮《う》かぶ星《ほし》のように、夢《ゆめ》をたたえ輝《かがや》きながら、次々《つぎつぎ》と新《あたら》しく生《う》まれ続《つづ》けます。

本《ほん》を持《も》つ、その手《て》の中《なか》に、ドキドキするみらい――。

本《ほん》の宇宙《うちゅう》から、自分《じぶん》だけの健《すこ》やかな空想力《くうそうりょく》を育《そだ》て、〝みらいの星《ほし》〟をたくさん見《み》つけてください。

そして、大切《たいせつ》なこと、大切《たいせつ》な人《ひと》をきちんと守《まも》る、強《つよ》くて、やさしい大人《おとな》になってくれることを心《こころ》から願《ねが》っています。

2011年《ねん》　春《はる》

集英社《しゅうえいしゃ》みらい文庫編集部《ぶんこへんしゅうぶ》